风 这是风刮的

老舍 徐志摩 等◎著

陈子善 蔡翔◎编

同题散文经典

人民文学出版社

图书在版编目(CIP)数据

风　这是风刮的 / 老舍等著；陈子善，蔡翔编.
—北京：人民文学出版社，2017(2024.10 重印)
（同题散文经典）
ISBN 978-7-02-012610-1

Ⅰ.①风… Ⅱ.①老… ②陈… ③蔡… Ⅲ.①散文集
-中国-现代②散文集-中国-当代 Ⅳ.①I266

中国版本图书馆 CIP 数据核字(2017)第 068840 号

责任编辑：朱卫净　张玉贞
封面设计：汪佳诗

出版发行　人民文学出版社
社　　址　北京市朝内大街 166 号
邮政编码　100705

印　　刷　山东新华印务有限公司
经　　销　全国新华书店等

开　　本　890 毫米×1240 毫米　1/32
印　　张　6.75
插　　页　2
字　　数　140 千字
版　　次　2007 年 7 月北京第 1 版
印　　次　2024 年 10 月第 4 次印刷

书　　号　978-7-02-012610-1
定　　价　39.00 元

如有印装质量问题，请与本社图书销售中心调换。电话：010 - 65233595

编辑例言

中国素来是散文大国,古之文章,已传唱千世。而至现代,散文再度勃兴,名篇佳作,亦不胜枚举。散文一体,论者尽有不同解释,但涉及风格之丰富多样,语言之精湛凝练,名家又皆首肯之。因此,在时下"图像时代"或曰"速食文化"的阅读气氛中,重读散文经典,便又有了感觉母语魅力的意义。

本着这样的心愿,我们对中国现当代的散文名篇进行了重新的分类编选。比如,春、夏、秋、冬,比如风、花、雪、月等等。这样的分类编选,可能会被时贤议为机械,但其好处却在于每册的内容相对集中,似乎也更方便一般读者的阅读。

这套丛书将分批编选出版,并冠之以不同名称。选文中一些现代作家的行文习惯和用词可能与当下的规范不一致,为尊重历史原貌,一律不予更动。考虑到丛书主要面向一般读者,选文不再注明出处。由于编选者识见有限,挂一漏万在所难免,因此,遗珠之憾也将存在。这些都只能在编选过程中逐步弥补,敬请读者诸君多多指教。

目录

风

风的话

◎周作人

　　北京多风，时常想写一篇小文章讲讲它。但是一拿起笔第一想到的便是大块噫气这些话，不觉索然兴尽，又只好将笔搁下。近日北京大刮其风，不但三日两头地刮，而且一刮往往三天不停，看看妙峰山的香市将到了，照例这半个月里是不大有什么好天气的，恐怕书桌上沙泥粒屑，一天里非得擦几回不可的日子还要暂时继续，对于风不能毫无感觉，不管是好是坏，决意写了下来。说风的感想，重要的还是在南方，特别是小时候在绍兴所经历的为本，虽然觉得风颇有点可畏，却并没有什么可以嫌恶的地方。绍兴是水乡，到处是河港，交通全用船，道路铺的是石板，在二三十年前还是没有马路。因为这个缘故，绍兴的风也就有他的特色。这假如说是地理的，此外也有一点天文的关系。绍兴在夏秋之间时常有一种龙风，这是在北京所没有见过的。时间大抵在午后，往往是很好的天气，忽然一朵乌云上来，霎时天色昏黑，风暴大作，在城里说不上飞沙走石，总之是竹木摧折，屋瓦整叠揭去，哗啦啦地掉在地下，所谓把井吹出篱笆外的事情也不是没有。若是在外江内河，正坐在船里的人，那自然是危险了，不过撑蛋船的老大们大概多是有经验的，他们懂得占候，会看风色，能够预先防备，受害或者不很大。龙风本不是年年常有，就是发生也只是短时间,不久即过去了,记得老子说过,"飘风不终朝,骤雨不终日,孰为此者天地,天地尚不能久,而况于人乎。"这话说得很好,此本是自然的规律,虽然应用于人类的道德也是适合。下龙风一二等的大风却是随时都有,大中船不成问题,在小船也还不免危险。我说小船,这里指所谓踏桨船,从前在《乌篷船》那篇小文中有云:

"小船则真是一叶扁舟,你坐在船底席上,篷顶离你的头有两三寸,你的两手可以搁在左右的舷上,还把手掌都露出在外边。在这种船里仿佛是在水面上坐,靠近田岸去时便和你的眼鼻接近,而且遇着风浪,或是坐得稍不小心,就会船底朝天,发生危险,但是也颇有趣味,是水乡的一种特色。"陈昼卿《海角行吟》中有诗题曰《踏桨船》,小注云,船长丈许,广三尺,坐卧容一身,一人坐船尾,以足踏桨行如飞,向唯越人用以狎潮渡江,今江淮人并用之以代急足。这里说明船的大小,可以作为补足,但还得添一句,即舟人用一桨一楫,无舵,以楫代之。船的容量虽小,但其危险却并不在这小的一点上,因为还有一种划划船,更窄而浅,没有船篷,不怕遇风倾覆,所以这小船的危险乃是因有篷而船身较高之故。在庚子的前一年,我往东浦去吊先君的保姆之丧,坐小船过大树港,适值大风,望见水面波浪如白鹅乱窜,船在浪上颠簸起落,如走游木,舟人竭力支撑,驶入汊港,始得平定,据说如再颠一刻,不倾没也将破散了。这种事情是常会有的,约十年后我的大姑母来家拜忌日,午后回吴融村去,小船遇风浪倾覆,遂以溺死。我想越人古来断发文身,入水与蛟龙斗,干惯了这些事,活在水上,死在水里,本来是觉悟的,俗语所谓瓦罐不离井上破,是也。我们这班人有的是中途从别处迁移去的,有的虽是土著,经过两千余年的岁月，未必能多少保存长颈鸟喙的气象，可是在这地域内住了好久，如范少伯所说，鼋鼍鱼鳖之与处而蛙黾之与同陼，自然也就与水相习，养成了这一种态度。辛丑以后我在江南水师学堂做学生，前后六年不曾学过游泳，本来在鱼雷学堂的旁边有一个池，因为有两个年幼的学生不慎淹死在里边，学堂总办就把池填平了，等我进校的时候那地方已经改造了三间关帝庙，住着一个老更夫，据说是打长毛立过功的都司。我年假回乡时遇见人问，你在水师当然是会游水吧。我答说，不。为什么呢？因为我们只是在船上时有用，若是落了水就不行了，还用得着游泳吗。这回答一半是滑稽，一半是实话，没有这个觉悟怎么能去坐那小船呢。

上边我说在家乡就只怕坐小船遇风，可是如今又似乎翻船并不在乎，那么这风也不怎么可畏了。其实这并不尽然。风总还是可怕的，不过水乡的人既要以船为车，就不大顾得淹死与否，所以看得不严重罢了。除此以外，风在绍兴就不见得有什么讨人嫌的地方，因为他并不扬尘，街上以至门内院子里都是石板，刮上一天风也吹不起尘土来，白天只听得邻家的淡竹林的摩戛声，夜里北面楼窗的板门咯噔咯噔地作响，表示风的力量，小时候熟悉的记忆现在回想起来，倒还觉得有点有趣。后来离开家乡，在东京随后在北京居住，才感觉对于风的不喜欢。本乡三处的住宅都有板廊，夏天总是那么沙泥粒屑，便是给风刮来的，赤脚踏上去觉得很不愉快，桌子上也是如此，伸纸摊书之前非得用手摸一下不可，这种经验在北京还是继续着，所以成了习惯，就是在不刮风的日子也会这样做，北京还有那种蒙古风，仿佛与南边的所谓落黄沙相似，刮得满地满屋的黄土，这土又是特别细，不但无孔不入，便是用本地高丽纸糊好的门窗格子也挡不住,似乎能够从那帘纹的地方穿透过去。平常大风的时候,空中呼呼有声,古人云春风狂似虎,或者也把风声说在内,听了觉得不很愉快。古诗有云,白杨多悲风,萧萧愁煞人。这萧萧的声音我却是欢喜,在北京所听的风声中要算是最好的。在前院的绿门外边,西边种了一棵柏树,东边种了一棵白杨,或者严格地说是青杨,如今十足过了廿五个年头,柏树才只拱把,白杨却已长得合抱了。前者是常青树,冬天看了也好看,后者每年落叶,到得春季长出成千万的碧绿大叶,整天在摇动着,书本上说它无风自摇,其实也有微风,不过别的树叶子尚未吹动,白杨叶柄特别细,所以就颤动起来了。戊寅以前老友饼斋常来寒斋夜谈,听见墙外瑟瑟之声,辄惊问曰,下雨了吧,但不等回答,立即省悟,又为白杨所骗了。戊寅春初饼斋下世,以后不复有深夜谈天的事,但白杨的风声还是照旧可听,从窗里望见一大片的绿叶也觉得很好看。关于风的话现在可说的就只是这一点,大概风如不和水在一起这固无可畏,却也就没有什么意思了。阴历三月末日。

风

◎巴金

二十八年前,我羡慕"列子御风而行",我极愿腋下生出双翼,像一只鸷鸟自由地在天空飞翔。

现在我有时仍做着飞翔的梦,没有翅膀,我用两手鼓风。然而睁开眼睛,我还是郁闷地躺在床上,两只手十分疲倦,仿佛被绳子缚住似的。于是,我发出一声绝望的叹息。

做孩子的时候,我和几个同伴都喜欢在大风中游戏。风吹起我们的衣襟,风吹动我们的衣袖。我们张着双手,顺着风势奔跑,仿佛身子轻了许多,就像给风吹在空中一般。当时自己觉得是在飞了。因此从小时候起我就喜欢风。

后来进学校读书,我和一个哥哥早晚要走相当远的路。雨天遇着风,我们就用伞跟风斗争。风要拿走我们的伞,我们不放松;风要留住我们的脚步,我们却往前走。跟风斗争,是一件颇为吃力的事。但是我们从这个中也得到了乐趣,而且不用说,我们的斗争是得到胜利的。

这也是很久以前的事了。不过现在回想起来还是值得怀念的。

可惜我不曾见过飓风。去年坐海船,为避飓风,船在福州湾停了一天半。天气闷热,海面平静,连风的影子也没有。船上的旗纹丝不动,后来听说飓风改道走了。

在海上，有风的时候，波浪不停地起伏，高起来像一座山，而且开满了白花。落下去又像一张大嘴，要吞食眼前的一切。轮船就在这一起一伏之间慢慢地前进。船身摇晃，上层的桅杆、绳梯之类，私语似的咯吱咯吱响个不停。这情景我是经历过的。

但是我没有见过轮船被风吹在海面漂浮，失却航路，船上一部分东西随着风沉入海底。我不曾有过这样的经验。

今年我过了好些炎热的日子。有人说是奇热，有人说是闷热，总之是热。没有一点风声，没有一丝雨意。人发喘，狗吐舌头，连蝉声也像哑了似的，我窒息得快要闭气了。在这些时候我只有一个愿望：起一阵大风，或者下一阵大雨。

1941 年 7 月 9 日在昆明

风

◎莫洛

一日，苏鲁支看见一个少年，靠在树上坐着。于是他说："倘若我要用我的手摇动这树，便不可能。但我们所不能见的风，可以随意摇撼它，屈曲它，任意到那一方面。我们最坏的是被不可见的手所摇撼，屈曲。"

×　×　×

不可见的手，风啊，把大树摇撼着，把大树吹折了，把大树连根拔起，摔倒在地上，毁坏了。

人，不正像树木吗？

不可见的手在不断地摇撼树木，树木被屈服在不可见的手中了。对于人，感情不正是一双不可见的手吗？

呵，感情的风，吹着树木，震撼，屈曲，甚至摧折，毁坏了……

×　×　×

可怕的暴风从天外卷来。

那不可见的手呵，伸过来，摇撼着树了；而且那么狰狞，那么狠恶，树被卷在可怕的狂乱里，哭喊，叫啸，疯了一样地失去主宰。

但是，只要树木植根在深深的泥土里，即使是高山巅上的一棵孤木，也一样能承受得起这天外旋卷而来的风暴。摇撼的手会疲倦,癫狂的风会停息;正如同被冲荡的水的混浊,会渐渐地澄明;和平使空气宁静下来,天空展开一片远阔的蓝色,有太阳的光静静地抚摩着大树。

一阵狂乱之后,大树一样地刚坚直立,静与爱,大树保有着自己庄严的灵魂。

× × ×

感情的风从灵魂的深谷吹起。

假如不是狂乱的飓风,风静静地吹,风有它一致的方向,风吹在树木上,树木,和风奏着甜柔的歌……

即使感情的风暮地疯狂卷起,要吹折你这树木;但你生根在深土,茎大,干粗;风乃无可奈何地过去。有爱在,树木一样地开花。

感情的风呵,不可见的巨手!人呵,植根于深土的树木。

有时候,风也柔和,风遂和树木游戏;风还为树木,吹送一曲发自灵魂的柔美的歌……

1945 年 9 月

风雨（节选）

◎严文井

小河

每条红船都把窗子敞开，让气流通过。家计的谈话琐屑如杨花，滞留在深色的舱里。风钻了进去，驱出其中些许郁热，就又钻出来散在河面上。也许它要去擦摩另外一些船只的外壳，刷干那些水分同遗留了许久的积污。

气候正在突变。男人们再也不愿关闭在那憋气的木墙内，赤膊了坐在船的两头，或者跳板上。他们讲述着古老的荒诞故事，夹杂以灵巧的对骂。

女人们依然忙碌如故，有事需要丈夫，免不了还要打岔叫一声他们的小名。

答话当然免不了有点反叛的意思。

"莫要磨人！这一阵风，好容易得到，还不让我享福一下！"

办着交涉，丈夫们索性一条条躺下了。应命而去的好人也有，只是少一点。有那泼辣的女人忍不住骂几句，有的男人可能欢喜这情调，就回答以呵呵的笑。

"真好！"

由这赞语，风就变得更加狂妄作态，打一呼哨，把这些无尽的口才吹飞三十丈远。

大的旋涡和小的旋涡随着黄色的急流迅速旋转。一些偶然聚集在一起的草茎、断梗,和碎木片跟着翻滚。它们不由自主地从那轻匀的沙液面上爬过去,升到顶点,随着又突然下沉,沉到深处。一群变幻不定的波浪带着青苍、白亮的色泽涌起,耍弄着这些东西,让它们时沉时浮,得不到片刻安稳。这时,风变成了一个实体,精力异常旺盛,粗暴地滚压过水面。

整条小河便抖动着,战战兢兢游向大江。

扬起那些短襟,拍拍那些小背脊,向他们吹几口气。河边沙滩上那群淘摸制扣工厂抛弃的贝壳的孩子们也感觉到了这个变化。天空正在被蒙上一层一层灰褐色的幕。他们注视起来。那攀吊在船舵上洗澡的也露出半身,听远方的震撼声。那是一个尖锐刺耳的、狂野任性的呼叫。

于是他们停止嬉戏。

声音愈逼愈近,这突然袭来的风变得越来越猛烈。他们眯着眼,抱紧栗色的胸膛。水在沙上拍动,涌到他们脚边。当中有一个喊了一声,这是这小团体的一个暗号,大家都大叫着分散开,跑向自家的棚子。

几个迟钝一点的孩子刚从水中爬出来,只有慌张地带水钻进裤子。

小火轮不时发出警告,哨音细弱无力,只有在风松口气的间隙中,才突然响亮起来。

河边的城镇

电线嗡嗡地振响,河街上的招牌成排地甩动。风在加强,狗却仍然感到热,吐着长舌,夹着尾沿街乱跑。

女人们忙乱地帮助丈夫们收下凉篷,拖进檐外的货摊。竹篙、布块、绳索,乱成一团,灰尘都乘机从蛰伏的角落卷起飞扬。

云朵飞过,阳光时明时暗。

"哟呵!好风!"

小流氓们发出号叫,得到四方响应。他们高兴这个变化,于是更起劲地唱。没有关好的窗板来回摆动为他们打拍。

一家杂货铺正举行全店剃头,理发师哼着花鼓戏端一个盆出来泼水,水飞到空中,又哗啦一下突然退回来。理发师跳着脚,湿淋淋跑进去。

正在店前走过的小姑娘们,为这举动笑破了口。她们无法恢复平静,一股风从后面追上,把她们的头发都扑向前,遮盖住了她们的眼睛。

书记之家

这天星期日,正午了。

一笔精细的日用账正成为一个书记跟他太太争论的中心。他庄严而烦恼地执着笔,不停地用细眼看着他太太,每一项数字都在恶毒地啃他的心。他骂他太太愚拙,却时时不忘数出他太太是个"无法变诚实的女子"。一次争吵过后,他们保持半天沉默。

这笔账还必须算下去,丈夫只好设法先开口。他原想口气和缓一点,但话一出口就变了样,他问:

"别人家老婆我也看得不少,没有像你这样过日子的。你一点也不帮我的忙,你说我讨了你是为什么?"

"我知道? 问你。"

"你是我的背运!"他先是叹气,接着又喊叫,"我哪天得了? 讨了这样一个堂客。我事事不如意,就是因为你。有了你,我永远伸不了头。"

他接着问:"说呀! 上个月的洋油买了几斤? 怎么就完了?"

接着问到一笔三角钱的用途,他悲愤到了极顶,咆哮起来:"这太暗昧了,哈! 太滑稽了!"他太太就哭起来:"我又没照顾娘屋!"他们像一双煎鱼,屋子是一个油锅。

他暂时住了嘴,太太仍在哭泣。

账簿忽然一颤动,自己合上了。毛笔冲脱他手,从账簿上滚过,画一个不端正的"一"字。吃了一惊,书记忙跳起来。

"风!"

太太肿着眼赶到天井,扯下他们的两双袜子。

她的先生则坐在窗户内冷眼观看,自言自语:

"要下雨。"

太太没有理他,但这家人的纠纷就这样停止了。

云

天空在迅速黑下去。

白鸥从水面掠起,轻飞一段,再又突降下来。

一堆坚韧的云阻断了大部分光线,仍在不倦地驰奔。天空剩下的几分赤红太阳光彩,在极短促的时间内,全被隔绝了。新的一团云又敏捷地移过去,把每一处空缺都填补满。

云又厚又浓，几乎要下坠到地面。风力很大，不让云休止滞留。灰黑的阴影就扩充到了远方。

趸船及渡船

深灰色的云以一种暧昧的态度把一切能见的事物变得模糊。沿江的建筑物像怪兽的一排牙齿，高低不齐，但没有色彩。小木船隐藏起来了，小型的汽艇也停止了航行。

摇荡的波浪不知饱足地啃蚀堤岸。趸船上下起伏，工人们时时查看跳板的连接处。

候船的人们拉紧帽檐，长衫被风吹开，有的人鼻子同眼睛都挤缩到一处，说不上是兴奋还是紧张。有的则去长椅上低头微睡。

口被封住，声音被吹走，谈话的人们只有打手势。

渡船沙哑地叫了一声，倾斜着露出它的躯体，煤烟笼住船尾。

浪举高趸船，迎那一批人通过。扁担，行李，跳板，长凳，楼梯，轰然发出巨响。

轮机室的工人伸出李逵式的头，骂了一声野话，赶快又去查看那通风器。

乘客们挥汗如雨。

"今天真够热！"

"反正不算冷。"

风不断扫着栏杆边。

搭客到了六七成。

舵手响铃，轮机工人又搬动杠杆。船尾分出两条波线。

风

趸船上工人用竹篙帮助撑开船头。渡船就缓缓地喋喋地劈开浓厚的空气。

小河口的吊楼子茶馆内已经坐好了一些茶客。他们那中庸的、古雅的肖像，隐约供在粗粗雕饰的窗棂内。上面是阴沉的天色，下面配以斜缓的河坡同流水，这样，他们就好像装在一幅古代的绘画里面。

他们生意买卖已经谈妥，于是安静闲适地品评着他们那一宇宙内包含的各样事，精心嗑开一粒粒五香酱油瓜子，咽下许多碗苦茶。

有些不作声的老人则闭眼在领略这世界的神秘，思想飞入玄虚内。可能他们实际又没有思考任何事。

听风声的冽冽，座中有一位泥瓦匠低声赞叹：

"这天气真痛快！"

于是他端茶一饮而尽。水咕嘟嘟从喉咙管一直响到胃里，报告它所经过的途程。

茶客多半不会讨厌闲情逸致，更少不了不绝的谈吐。此刻的话题集中在风雨上。

"每逢这风必翻船，我看得太多了。这是老规矩，风大必浪大，浪大一定翻船。一次大风最少沉两条筏子。不过这生意总有人做，几十年都是一个样。我看得太多了。今天还没有看见江猪，那东西真厉害……"这位有遗老风的学究喜欢说几句谁都知道的事。用几个虚字连起来作为真理。他从不感到厌倦，而且自鸣得意。

他喜欢蹲在椅上，大概这样做才可以让鼻子沉进两膝之间去精鉴自己的各种味儿。他的习惯是自己谈，看别人饮。

"不稀见。不过雨也快来了。"

生意人中有一个歌唱家,用折扇打板,哼起孟姜女哭长城来。他很欣赏自己那一副细细的尖嗓子,极力在做出一副女人的表情,并且全身都为打拍子摇摆。

　　闭上眼的几位,胸膛上淌着汗,慢慢呼呼打起鼾来。

　　卖瓜子花生的小贩,蝴蝶一样在主顾当中穿行。

　　"孟姜女"哭得很动听,连堂倌都禁不住低声相和。

　　一声巨雷自茶楼顶上吼出了,盖住了所有的闹杂,整个楼都震动了一下。是不是长城倒塌了?

　　歌声止住了。

　　静下去,耳朵都嗡嗡地响。

　　窗外一片黝黑的天。

　　昏暗的窟窿又骤然亮了一下,闪过一条曲折的虹。又像一朵耀眼的玫瑰,穿在一支金箭上,在云里迅速地冲刺一下,随后就消失。连绵不绝的霹雷跟踪出现。炸裂,黝黑,静寂,电闪,黝黑,炸裂,交替着。

风雨

◎贾平凹

树林子像一块面团了,四面都在鼓,鼓了就陷,陷了再鼓;接着就向一边倒,漫地而行的;忽地又腾上来了,飘忽不能固定;猛地又扑向另一边去,再也扯不断,忽大忽小,忽聚忽散;已经完全没有方向了。然后一切都在旋,树林子往一处挤,绿似乎被拉长了许多,往上扭,往上扭,落叶冲起一个偌大的蘑菇长在了空中。哗的一声,乱了满天黑点,绿全然又压扁开来,清清楚楚看见了里边的房舍、墙头。

垂柳全乱了线条,当抛举在空中的时候,却出奇地显出清楚,刹那间僵直了,随即就扑撒下来,乱得像麻团一般。杨叶千万次地变着模样:叶背翻过来,是一片灰白;又扭转过来,绿深得黑青。那片芦苇便全然倒伏了,一节断茎斜插在泥里,响着破裂的颤声。

一头断了牵绳的羊从栅栏里跑出来,四蹄在撑着,忽地撞在一棵树上,又直撑了四蹄滑行,末了还是跌倒在一个粪堆旁,失去了白的颜色。一个穿红衫子的女孩冲出门去牵羊,又立即要返回,却不可能了,在院子里旋转,锐声叫唤,离台阶只有两步远,长时间走不上去。

槐树上的葡萄蔓再也攀附不住了,才松了一下蜷曲的手脚,一下子像一条死蛇,哗哗啦啦脱落下来,软成一堆。无数的苍蝇都集中在屋檐下的电线上了，一只挨着一只，再不飞动，也不嗡叫，黑乎乎的，电线愈来愈粗，下坠成弯弯的弧形。

一个鸟窠从高高的树端掉下来，在地上滚了几滚，散了。几只鸟尖叫着飞来要守住，却飞不下来，向右一飘，向左一斜，翅膀猛地一颤，羽毛翻成一团乱花，旋了一个转儿，倏乎在空中停止了，瞬间石子般掉在地上。连声响儿也没有。

窄窄的巷道里，一张废纸，一会儿贴在东墙上，一会儿贴在西墙上，突然冲出墙头，立即不见了。有一只精湿的猫拼命地跑来，一跃身，竟跳上了房檐，它也吃惊了；几片瓦落下来，像树叶一样斜着飘，却突然就垂直落下，碎成一堆。

池塘里绒被一样厚厚的浮萍，凸起来了，再凸起来，猛地撩起一角，唰地揭开了一片；水一下子聚起来，长时间地凝固成一个锥形；啪地摔下来，砸出一个坑，浮萍冲上了四边塘岸，几条鱼儿在岸上的草窝里蹦跳。

最北边的那间小屋里，木架在吱吱地响着。门被关住了，窗被关住了，油灯还是点不着。土炕的席上，老头在使劲捶着腰腿，孩子们却全趴在门缝那儿，惊喜地叠着纸船，一只一只放出去……

1982 年秋写于宝鸡

風

自然风

◎邵燕祥

平明,临阳台的窗帘随一阵凉风飘举起来。想起昨晚友人从上海来电话,说酷暑难熬,真庆幸北京人的福分。

不管白天没有树荫遮拦的地方太阳多毒,晚上在树下乘凉,总有树顶微动的时候,"凉风下来啦!"还记得几十年前老人就这样欢呼。

欢呼的是自然风。

一年四季,早午晚夜,如果没有风,自然界能够如此生动吗?

如果没有风,就没有草花的摇曳,山岚的流动,没有"微风燕子斜",天边落霞千姿百态的变化。

如果没有风,就没有山雨欲来时,"风是雨的头"那种气势。至今城居无山,我也爱在阳台上看云盼雨,几相信云龙风虎之说,更羡慕那些淳良的鸽子,平时漫步屋脊的竟也乘风展翅,绕着几十米高的烟囱飞旋,甚至不费力地蹲到烟囱顶上,是雨前的风使它们兴奋。兴奋的还有燕子,素常少见,不知道隐藏何处,据说气压低,逼得它们乱飞,那么它们吱吱尖叫着,该是在茫然中呼朋唤侣,就像马路上的行人,冒着突起的裹挟着雨丝和尘土味的风疾走,要寻个避雨的屋檐吧?

如果没有风,暴雨也为之减色,只有风助雨势,雨助风威,才把千万道粗犷的雨线,刮得直注横飞,有如千军万马,过处扬起滚滚烟尘。

　　当然,倏忽而至的疾风猛雨,是自然界的动乱;更多平静的时候,风是轻的,柔的,缓的,如扇,如拂,如吹,"吹面不寒",比方阳历三四月,一阵风,加上几滴雨,草在不知不觉间绿了,或是风乍起,吹皱一池春水,水纹如縠,纸船也不愁吹翻。只是这种时候,除了有心人,都会忘了风的存在。此时风在帆上,"风正一帆悬",想见千百里水程一帆风顺;风在竹叶上,萧萧作响,在那听风声雨声的人,一枝一叶总关情。谁说风是无形的? 你看窗上摇动的树影花光,该没有人说风是无声的,那催人笔墨淋漓作《秋声赋》的秋声,难道不是风声吗?

　　"好大的西北风啊……一二三四呼呼呼……"童年时这首快乐的歌,始终在耳边回响,不但在通红的炉火边,听着户外的风声益觉得温暖的可贵;就是戴着棉帽、裹着围巾迎风上学,西北风如刀片扎脸,手指冻僵,跳着脚前行,一哼起这歌儿,也就来了劲,来了勇气,乐观得热血奔流。

　　天地间能够没有风吗? 能够只有"春风宜人"的温煦吗?不。从三级风到八级风,这才是自然界,这也才是人生。也许因为年纪大了,易于怀旧,每逢擦抹窗台上的尘土的时候,总唤回少年时代的遐想,那时多么向往遥远的风沙,要出门投身向遥远的风沙啊。

　　这我才懂得,为什么自然界那最诱人的叫作风景,叫作风光。没有风不成其为世界。

　　说的是自然风。它是无可替代的。"清风不识字,何事乱翻书",这是三百年前引出文字狱的两句诗;时过境迁,细心揣摩,这里面不是蕴着一种难得的情趣吗?

1990 年 7 月 20 日

在风中

◎张炜

　　肉眼难以将风识别,因为它无形无色无味。但它可测可感可知。我们注视它,常常只是注视被它所摇撼、冲动、击打了的那个对象。因为它是风,是气流,是无限柔细可人又异常猛烈粗暴的一种奇怪物体。它创造了无数惊天动地的故事,它可谓平凡而又神奇。它可以轻轻地抚摩土地、植物和动物,让它们感到无比舒适,让其焕发青春,从昏迷中渐渐苏醒。有了它,生命才不至于窒息。可是它的一场暴怒,又足以毁坏一切希望,抛下一片狼藉,惨不忍睹。它造成的毁坏难以修复,不可挽回。

　　可是我常常感到最猛烈最可怕的风,不是那摧毁一切的狂飙,而是缓缓流动的、无所不在的、充斥一切空间的那种和缓悠长的吹拂。这种吹拂可以使许多东西锈蚀,可以让坚固的外壳腐败、剥落、褪脱。我们简直无从阻止,也没有办法阻止。它即便在使我们青春焕发的时候,也常常使我们付出了最宝贵、最真实、用以维持生命的某种珍贵,把它们携到远方,交给那些我们从来都不曾知晓的角落。而另一些生命,则被它们全部携走,从此远离我们,沉到了另一个世界。

　　每一个生命都在风——无坚不摧的风、每时每刻都在左右我们的风——之中。这风并不总在使我们旋转和抵御,而大多数时间是在舒服地抚摩和撩动,从而使我们改变。这改变是慢慢完成的。

风,对于美丽的事物,对于顽强生长的事物,有时是颇有韧性的。它极有耐力地抚弄你,吹动你,撩拨你,让你在阵阵陶醉的欢娱中,告别自己的原来。它将把你缓缓地引诱或推动到一个新的场景中,让你成为这个场景里的一个点缀。

你的乌发飞扬起来,像火炬。这黑色的火焰,只有风才能使它燎成这样,不受拘束,狂放不羁。整个的你化为一首热情浪漫、妩媚动听的歌谣;你本身就构成一首绵绵无尽的、可以无限诠释和延长的故事。

你把自己最美好的东西交给了风,你在风中行走,你对于它是尽可能地袒露真情;你那么欢娱,上帝给了你值得骄傲的一切。你所向无敌,无坚不摧,就像风一样。风成全了你,你也化进了风。风对于你不可须臾离开,而你对于风又是最好的猎物。

你被风所猎取,而且永远不再交还。从你脱离了母体的那一天,你的母亲就在盘算怎样把你交给风。她愿意看到你在风中翱翔、飘飞、升向高空;她为你的升华、浮起而感到自豪。这个盲目而慈祥的母亲并不知道她这样做的后果是什么。后来,你在飞翔中沾上了越来越多的尘埃,风只能部分地抹掉它们,有许多被你吸进了肺腑;你越来越沉,越来越沉,终于,风再也没有力量把你托举得更高了。在完全始料不及的那个时刻里,你就不得不下降、下降,最后跌落到泥土上。

那时候你的母亲已经看不到了,你早已飞出了她的视野。

你在泥土上匍匐,化解和享用自己的痛苦。这些痛苦对于你,来得太突然太生僻;直到最后,你还不懂得去诅咒这无所不在的风，这成全了你又毁坏了你、最后彻底改变了你的风。

你试图寻找它，寻找它的力量它的源头。你抬起头，用力地四下寻找。你什么也没有发现，它无形、无味、无色，无所不在又不可捕捉。

很费力地，你看到了一棵摇动的树——原来它在树上，它在树的四周。它为什么那么狂热地摇动一棵树？它想把它折断、拔起，像对待你一样对待它吗？把它抛到空中，把它举起，沿着地表飞行，又在某一个突兀的时刻将其抛于泥地？要知道到了那时候什么都晚了。因为树木已经在这飞行中被风干，被弄得没有汁水了。当树重新落到泥地上，就再也发不出根须和叶芽了。它将变成另一种物质，它不会是现在的这棵树了。

同时，她也发现这棵小树在阵阵摇动中发出了欢笑，枝叶抖动，那哗哗的笑声也就散发出来。它笑啊笑啊，享受着被摇动被吹拂的全部快乐。她还听见了在这欢快的笑声中，有那个隐秘的风的声音。它在忘情地对小树发出赞誉，说你多么优美多么娇憨，身姿婀娜，有不可抵御的神采；这微笑呵，这神情呵，这动人的一切呵——既然如此超凡脱俗，又怎么能把根须扎在这样闭塞的角落，一动不动？再说你又怎么有权利独自享受这美、这亭亭玉立？你怎么可以在这儿沉默，怎么可以待在这个贫瘠的空无一人的寒酸之地？走啊，我与你一起，让你去认识这个世界，惊动这个世界，震撼这个世界。我将带你走遍五洲四海，用越来越多的时间陪伴你，让无数的人为你疯癫，让他们为你去死亡，去长旅，去狂欢。总之那时候人人都愿意为你付出一切。那时候你就会感到自己对这个世界多么重要——你是多么重要,你是生命中的金子、时间的金子,你本身就是太阳最好的儿女。你这油绿乌黑的叶片啊,只有我的无形的手掌去抚摩,才能狂舞,才能变得像黑色的火焰一样,燃烧在空中和大地。

小树听着风的迷人絮语,流下了眼泪……

她此刻无比同情的,就是那棵小树。

千年秋风

◎杨彦国

　　金秋十月，凉风习习，立身江畔，感受夕阳下从江面徐徐吹来的晚风，不免让人有丝丝寒意。风虽不大，也让水面上泛起层层涟漪，在岸边激起了美丽的浪花。看见破碎的浪花，不禁想到波浪的制造者——秋风，它无影无形，使层层水浪滚滚向前，直到它们生命历程的终点；它又能推陈出新，从江海的深处送来一批批新浪，使它们勇往直前。如果说江水是一部史书，那么浪花就是这部史书中辈出的英杰、璀璨的明星，而秋风则是这部书的著作者，催他们诞生，又使他们消亡。这秋风引人遐思，促人想象，使你的思绪逆迎秋风而上，溯到历史的源头。

　　秋风乃天地之气，无影无形，昂首阔步行进于历史的天空，从古至今，从未停止过它的步伐，从未改变自己的形态，从未改变对人的态度，但人们面对秋风，总有些萧索凄凉之感。秋风本无情，是人们的喜怒哀乐为秋风染上了红橙黄紫的色彩。秋风，它凋零草木，吹动了文人的骚情，勾起了诗人心底的愁思，触发了爱国志士壮志难酬的伤痛，引起了欢男爱女悲欢离合的哀情，吹落了失意大夫忧天悯人的梦想。秋风，摧杀了万物，摇落了草木，也吹皱了文人的情思，吹寒了人心。

　　秋风从远古吹来，撩起了春秋时期淳朴民风的面纱，"风雨凄凄,鸡鸣喈喈……风雨潇潇,鸡鸣胶胶……",凄风苦雨未能遮掩佳人晤君时的喜悦,纯洁的爱情因秋风的凄潇而感人。习习秋风,吹到了战国,吹乱了第一位爱国诗人的长发,"袅袅兮秋风,洞庭波兮木叶下",风虽袅袅,却吹寒了屈子那颗忠诚报国的热心,吹灭了第一骚人的理想。当这风吹到他的得意弟子宋玉胸前时,变成了屈自媚人的歪风——"此所谓大王之雄风也",耿直忠贞的屈子如果听闻,该会多么寒心,开悲秋文学先河的宋玉,此时也只顾辨风之雄雌了。但风不会因人的忠直与媚俗而停止脚步,当它吹到易水边时,吹出了"士为知己者死"的义气。"风萧萧兮易水寒,壮士一去兮不复还",荆轲义无反顾、大义凛然、视死如归的气概随着秋风而流传千古。秋风就是这么无情,送走了诗人,吹落了英雄。

秋风继续吹着,吹到帝王的身边。汉高祖刘邦在凛凛秋风中踌躇满志,"大风起兮云飞扬,威加海内兮归故乡",秋风为帝王归乡添威助势,使刘邦倍感自豪,但也让他感到国势未稳,发出了"安得猛士兮守四方"的渴望。当这风刮到高祖的继嗣刘彻的脚下时,让年迈的武帝感慨万千,"秋风起兮白云飞,草木摇落兮雁南归",这摇落草木的秋风,让武帝求贤若渴,感慨老之将至、人生易老,也让他悟出了乐极生悲的至理,是秋风引发了帝王之英的深思。当同样的秋风吹到曹操眼前时,他看到了波涛汹涌的大海中那壮阔的美景,"秋风萧瑟,洪波涌起",让人感受到了一代奸雄的博大胸襟与凌云壮志,此时的秋风没有引发这位军事家兼诗人的惆怅,让人感受到了"老骥伏枥,志在千里"的"烈士"胸襟和他那吞吐宇宙的大海般的霸气。帝王毕竟是帝王,他们能从令人忧伤的秋风中看到希望、悟出哲理。摧花落叶的秋风在帝王面前显得那样的萎靡。

秋风继续吹着,吹到古代盛世大唐王朝时期,秋风催生了盛世,辈出了诗人。贾岛笔下的"秋风生渭水,落叶满长安",让人感到了这位苦吟诗人的愁苦;李白笔下的"秋风渡江来,吹落山不尽,总是玉关情"也展现了诗仙的报国情结;诗圣笔下的"无边落木萧萧下,不尽长江滚滚来",诉尽了自己的"悲秋",而"八月秋高风怒号,卷我屋上三重茅",更表现出这位伟大的现实主义诗人的晚年现实;白居易诗中的"望秦岭上回头立,无限秋风吹白须"抒发的是贬谪文人的哀感,而"浔阳江头夜送客,枫叶荻花秋瑟瑟",使人感到乐天的生活并不可乐;樊川先生的"看取汉家何事业,五陵无树起秋风",让人明白了这位怀古高手的怀古情结;玉溪生的"秋阴不散霜飞晚,留得枯荷听雨声",道尽恋情圣手的恋情情怀。大唐盛世秋风词,怎一个"愁"字了得。

秋风仍在不停地刮着,刮到了更加悲愁的多灾多难的宋代。谪居黄州的苏轼,曾经感到"高处不胜寒"而想"乘风归去",发出了"但愿人长久,千里共婵娟"的祝愿,中秋月圆之时,词人饮酒大醉,想念亲人,推及他人,体现出豪放词人的豪放胸怀;陆放翁的"楼船夜雪瓜洲渡,铁马秋风大散关"写尽了早年图志报国的英雄壮举,可投降派的排挤打击使他"长城自许"的报国之梦破灭,只落得"镜中衰鬓已先斑",愤懑之情,报国之志,溢于言表。秋风中陆游感到了梦幻的破灭,而易安居士更遭受了离情的痛苦,"莫道不消魂,帘卷西风,人比黄花瘦",展现了这位词人的离情别绪,道尽了胸中的"永昼"之愁。千古才女,不光恋夫,更恋国,可惜颓废的时运不能使她实现心中的宏愿,却要让一个弱女子来承受亡国丧夫之痛,卷帘的西风,怎能不让"人比黄花瘦"。恼人的秋风把大宋朝廷吹到东南一角,又掀起多少词人的愁思,毁灭了多少风流人物的美梦。

秋风还在不停地刮着,刮过了元明清三代,刮过了民国时期,刮到了毛泽东的脚下、身边。一代伟人的伟大,不只在于他是新中国的缔造者,是伟大的思想家和诗人,更在于他对秋风有着与众不同的脱俗感受。"一年一度秋风劲,不似春光,胜似春光",在伟人眼中,强劲的秋风已变成催生万物,复苏生命的春风,展现出革命家的豁达胸怀与乐观态度。"萧瑟秋风今又是,换了人间",秋风虽千古未变,仍然萧瑟,但由于"换了人间",人们对秋风的感受就迥然不同,革命家用他诗人的气魄打造出不同凡响的诗句,也打造出不同凡响的新时代。

品读秋风,不同时代的人会有不同的认识,同一时代不同的人又会有不同的理解,同一个人心境的不同又会有不同的感受。现在自己立身江边,面对秋风,虽有丝丝凉意,却无忧愁萧索之情,也许是环境的惬意、心境的舒适使然吧。

秋风,永远不会停下脚步。瞧,远处江面上秋风又送来了一批批波浪,撞激在脚下的岩石上,细碎的水珠溅落在我的脚下、身上,似乎也溅落在我的心中,我仿佛感受到了这亘古秋风的寒意,感受到了这千年秋风裹挟着的复杂情思,感受到了千古英雄人物跳动着的脉搏。远处的水浪在夕阳的照射下波光粼粼,分外耀眼,一浪高过一浪向岸边涌来。

秋风仍在不停地刮着……

风从哪里来

◎范曾

风在哪里？在天边的云丝雾影，在陌上的柳絮蒿蓬；在春天偃伏的碧草，在秋天飘零的丹枫；在高墙的一叶帆，在骥尾的千条线；在寺院的幢幡，在心头的旗旌。风在哪里？禅家告诉你，看，如云离月；道家告诉你，听，爽籁在天。宋玉说，在青蘋之末，在腐余之灰。苏东坡说，在木叶尽脱的树梢，在明月徘徊的江上。风在哪里？风在高渐离易水的寒筑，在诸葛亮赤壁的草船，在汉高祖威加海内的战袍，在岳武穆声彻天外的霜蹄。

大气的流布，浩瀚无垠，聚散之间，风起云涌。顺应时序，汇而趋之，滂湃于天地苍冥。风为人类带来料峭的初春，熏蒸的炎夏，萧瑟的寒秋，肃杀的隆冬。习习然，南风也；浩浩然，东风也；瑟瑟然，西风也；凛凛然，北风也。那掀起天宇的是台风，吹立沧海的是飓风，摧毁崇楼大厦、卷走林莽乡镇的是龙卷风。风为人间描绘着多姿多彩的画图，演化着大自然的喜剧和悲剧。它无所不在，无隙不入，它遣云使水，命雷掣电。它吹绿江南岸，吹白北国山，吹蓝西域天，吹黑东海潮。风是造势设色的大手笔，大地穹昊是它无际涯的舞台。

风是什么？风是情窦初开的少女，温情地、羞涩地在你身边掠过，忽焉睫在目前，忽焉远在天边。它使万物复苏，它悄然来临，在桃花的蓓蕾，在柳树的枝条，在池中春水，在清晨露

风

珠。一切萌动着的、闪耀着的生命属于它。风是丰腴美奂的少妇,热烈地、亲昵地把你拥抱,千般柔顺、万般风情,那是万物繁衍化育的信号。它是花果的媒介,是鸟兽的信使,一切苗长着的、成熟着的生命属于它。风有时清绝,向人间播送九畹兰花、百亩蕙草的芳馨;风有时暴虐,一夜之间使"草拂之而色变,木遇之而叶脱"(欧阳修句)。它是看不见、摸不着的圣者或使徒,魔怪或精灵。风可能是祥和的,也可能是凶险的,然而用人类的道德标准以判风之善恶,则冬烘甚矣。风的一切都天然合理,草木之凋零,人以为悲,而严冬蓄芳,正草木岁寒之心,人又安能代草木作无谓之忧思。风在永无休止的运动中造就平衡,在莫测高深的变幻中求得和谐。有了风,一切才有了生命。一个没有风的宇宙,万有归于沉寂,一个不生、不灭、不垢、不净、不增、不减的宇宙,那是佛家永远不败的智慧所感悟。入定的高僧,不知道风动、幡动;六祖惠能对辩说的僧人讲,你们是心在动啊!然而,惠能的无差别、无妄想的境界距离众生还十分遥远。佛家以为风、土、水、火四大皆空,万有假合,色即是空。风在佛家看来,只是人们感知的表象,相信,任什么风,都不会使佛祖心旌微动。因此,生命的终极目标,佛家是证得涅槃寂静。而我们还在浮生中的人,则应在风中观测、思索、修炼;我们还会在喧闹熙攘的人群中漫步;我们还会面对苍穹和人生一直研讨:风从哪里来,风到哪里去?

　　能以奴仆命风月的是孟郊;能乘长风、破万里浪的是宗悫;能凭虚御风、羽化而登仙的是苏东坡。苏东坡说:"你这楚国的兰台公子,比我这黄州太守、儋耳迁客还嫩得多呢。你为了讨好楚襄王,混淆自然之风与社会之风,造出雄风、雌风之说,而我以为你不清楚庄子的天籁啊;那空明清远的无垠天宇中,风起而声发,那是不假窍穴竹管的自然妙音呢。宋玉,你听见过吗?你的风赋实在堪笑呢!"

然而诗人的确爱风,所以称他们为风人;他们直承《诗经》、《楚辞》的传统,所以称他们风骚;而诗人又倜傥多情,所以说他们风情;诗人偶有微行,被轻慢为风流。大自然的风,飘向诗人的笔底,协奏社会、人生的乐章。感知"夜阑卧听风吹雨,铁马冰河入梦来"的是勃郁的陆放翁,他听到雄阔激烈的风;看到"舞榭歌台,风流总被,雨打风吹去"的是慨叹的辛稼轩,他听到摧枯拉朽的风;彻悟"愁风愁雨愁不尽,总是南柯"的是忧患的郑板桥,他听到凄切催泪的风。而看尽繁华地、远绝是非乡的苏东坡,不再迷恋喧嚣的人生,"回首向来萧萧处,归去,也无风雨也无晴"。这时的苏东坡,由道及佛,无缘大悲已笼罩了他的生命,渐渐远离了人寰,同时也远离了当年豪逸雄阔的自己。

让我们回到历史的长河,问一问,风从哪里来?追溯到西周的共和元年、公元前八四一年到春秋中叶,那时有一部民间歌曲的总集——《诗经》流传下来,其中包括十五个诸侯国的国风,足见社会的风,那也是无所不在、无隙不入的。《诗序》在论到何以称"风"时讲:"……故用之乡人焉,用之邦国焉。《风》,风也,教也,风以动之,教以化之。"国史太师会其意,而采风撷诗;孔子会其意而修编《诗经》;周公会其意而作乐成章,都有看"风天下而正人伦"的意义。"风"足以刺时喻势,讽谏君王;"风"足以敦促教化,襄助人伦,而这种"风"和直陈历谏不同,和枯燥说教不同,往往"美在此则刺在彼"、"以美为刺"。中国诗教的温柔敦厚,好色而不淫、怨诽而不乱,在诗的源头已十分清楚,在教化中仍让人有美感的享受,这在中国诗

风

的传统中应视作精华。孔子说:"洋洋乎,盈耳哉。"季札激赏说:"美哉,其细已甚!"这美哉、洋洋的国风,在两千多年来的中国,陶冶了人们的性灵,无论是人格的、爱情的,都包含了永恒的价值。这一股清风荡涤了商纣以还的"淫风",而淫风者,在《诗经》中当然会被剔除,其中最著者有桑间濮上之音。潘岳称之"桑濮之流",《礼记》则称其为"亡国之音"。欧西有女歌星某,每一演唱,千万痴男怨女,依歌而和之,顿足捶胸,狂笑号哭。细析之,不过艳色淫态、噪音恶乐、悖光谬影与歌迷世纪末之空洞心灵相暗合,遂有此秽乱混浊之风,靡溢于世界各通都大邑,各国警察之深拒固守,欲以缧绁演唱者,有由然也。

由此观之,风在自然本无善恶,而在人间必有优劣。清风所在,则社会淳朴、人文优雅、品行高洁、宅心仁厚;而邪风所被,则物欲横流、人心不古、贪赃枉法、盗贼滋生。而社会人文之风在哪里?在作家的生花之笔,在画家的丹青之影,在演员的一笑一颦,在诗人的一唱一吟;在上之所倡导,在下之所依循,在领导者的表率,在执法者的廉明。

听,白鹿之鸣,起于空谷,传来的是山间清风;泠泠七弦,犹忆大雅,奏出了琴上古风;举世萧条,故国独秀,经济市场已孕育着宫商大调、浩然雄风。中国是一艘举世无双的艨艟,它需要这无边的雄风吹扬万里征帆;它不能羁留于港湾,不能停留于昨天。我们深祷祖国福祉无量,祝她风正一帆悬,驶向横无际涯的绚丽的明天。啊!我欲乘风归去,归到我心爱的东土,归到我海外三载、魂牵梦萦的故国!

1993 年 10 月 18 日于巴黎美松白兰

与风擦肩而过

◎雷抒雁

　　风在树叶间窃笑，轻轻地，似我童年藏身树后的玩友。看不见风的脸庞，听不见风的话语；它是隐忍着内心的喜悦，掩口悄声而笑，引诱我沿着树叶的指向去寻找它的。

　　于是，我以童心的轻快步入青青的林子。有一双看不见的手，抚摩着我的脸庞，挽住我的手臂；有一些兰麝的气息，飘动在我的耳际。我闭着眼睛，张开手臂，感受这种愉悦，好像沉浸在美妙的梦里。我不敢睁开眼睛，生怕这一切，消失在瞬间。

　　常常与风擦肩而过，偶一回头，风已远去。粼粼的河面上，留下它细碎的足迹；飘飘的草丛间，晃动着它走过的身影。微风像是怕羞的孩子，用软软的手指轻轻勾动了一下你的手指；又像是调皮的少女，用纤纤的细手轻轻碰了一下你的臂膀，让你知道它们的存在，它们的到来，它们的离去，以及想和你说话的它们的心意。

　　谁想领略风的友善和聪慧，就得以同样的友善和聪慧到绿树和青草间去期待风的到来，去捕捉风的身影，去领悟风的目光。

　　风要到远处去，它不会纠缠一处的景物，不会因为贪恋游戏而忘记了要去的地方。走很远的路，风会成长；成长为士兵、海盗以及搅彻周天的强者,也许,那是风的志向和事业,是风的辉煌和毁灭。可那不是我的风,不是牵我衣襟,抚我面庞的少年风。

与风擦肩而过。擦肩而过的是一种稍纵即逝的心境。那一刻,云开日出,天空会以蔚蓝展示出一片开阔和明朗;那一刻,郁闷会为之一扫,即使是瞬间的清凉,也会带给你一阵清醒和振奋。那一瞬,会有诗绽开灵感;会有歌飞出旋律;会有美的图画呈现出奇异的色彩;一个偶尔到来的成功,也许就在那一瞬间会如一只彩鸟扑进你的怀里!

风不会应约而至。与风相逢,是无法约定的不期而遇。自由的灵魂,是不带地图的旅者,在一切可以驰骋的地方,都会留下它的足迹。常常的遗憾在于我们并非总是有备而来,带着对风倾诉的话语,带着为风轻启的心境,而当与风不期而遇,只有擦肩而过。

不过,风总是会到来的,会在每一个时刻!

风

◎鲍尔吉·原野

如果世上有一双看不见的巨手，那必是草原上透明的风。

风是草原自由的子孙，它追随着马群、草场、炊烟和歌唱的女人。塞上，风的强劲会让初来的人惊讶。倘若你坐在车里，透过玻璃窗，会看到低伏的绿草像千万条闪光的蛇在爬行，仿佛拥向渴饮的岸边。这是风，然而蓝天明净无尘，阳光仍然直射下来，所有的云都在天边午睡。这是一场感受不到的哗变。在风中，草叶笔直地向前冲去，你感到它们会像暴躁的油画家的笔触，一笔、一笔，毫不犹疑，绿的边缘带着刺眼的白光。

风这样抚爱着草叶。蒙古人的一切都在这些柔软的草叶的推举下变成久远的生活。没有草，就没有蒙古包、勒勒车和木碗里的粮食。因此"嘎达梅林"所回环叹婉的歌词，其实只有一句话：土地。每天，土地被风无数次地丈量过，看少没少，然后传到牧马人的耳边。

到了夏季，在流水一般的风里，才看到马的俊美。马群像飞矢一样从眼前穿过，鬃毛飘散如帜，好像系在马身的白绸黑绸。而这样的风中，竟看不到花朵摇摆，也许它们太矮了，只是微微颤着，使劲张开五片或六片的花瓣。在风里，姑娘的蒙古袍飘飘翻飞，仿佛有一只手拽她去山那边的草场。这时，会看出蒙古袍的美丽,由于风,它在苍茫的草地上炫彩。而姑娘的腰身也像在水里一般鲜明。

　　背手的老汉前倾着身子勉力行进,这是草原上最熟悉的身影。外人不明白在清和天气,他走得何以如同风中跋涉。风,透明的风吹在老汉脸上,似乎要把皱纹拨拉开,把灰色的八撇胡子吹成小鸟的翅膀。

　　在这样的风里,河流徐徐而流,只是水面碎了,反映不出对岸的柳树。百灵鸟像子弹一样嗖地射向天空,然后直上直下,与风嬉戏,接着落在草丛里歌唱。它们从来都是逆风而飞,歌声传得很远。

风是化石的脸

◎秦松

当语言随风漂流,留下枯叶的沉默。留下一株在风里飞奔的树。那些耳朵仍然留在树上,那些容忍的耳朵,那些习惯了的耳朵。那些为了听话而存在的耳朵。

人们常以眼睛观察,明察秋毫之后,又以眼睛流泪,迷蒙了雪亮的眼睛。把眼睛做水的容器,凝聚成湖,当悲哀干涸,当愤怒也会泛滥,当欢乐是否才清澈?当什么时候,那一双无可选择的,深不可测的,吃掉一切的难忘的眼睛,在任何时候,无可解释,无须解释。

以手触及,以沉默分解,空间的存在,为了储蓄噪音的存在,为了杀死噪音的存在,为了制造噪音的存在?长河滚滚在噪音里,时间永不虚无,以噪音向虚无抗议,以枯草以落花证明时间的存在。时间才不虚无,也不虚度。

暂且把一切搁下,如遗忘如休息,把一切放下,让他走过,让一切走过,让所有的人通行。当你说是玄思,说是妙想,说是理想,说是现实,均无不可。如树必有一定的空间,必在季候的变奏里,向上又向四周生长,收起枯黄,像伞状展开,发出青绿的辐射。

当枝叶脱落,身体更挺拔,更硬朗鲜明,更突出如山石。当皮肉枯裂,木木的身体,毫无牵挂,把身体交给钉锤,交给刀斧,括容人体的尸身。每一部位,每一空间,都为钉锤而准备,都等着铁钉的进入而腐朽,当人断定"朽木"不可"雕"也,仍然是钉子的归宿,火的原身。

暂且把一切放下,把放不下的也放下。暂且收起,暂且由悬舞者空悬。

割裂而出,如完整的受孕。完整、热烈、狂狷、豪迈、粗犷,一如文字的原意。集阴柔与阳刚于一体,给时间去完成。

收起。

集聚。

辐射。

给出。

由你由岁月,把年华折成自如的手掌,自在地收放。

手痕与血迹斑斑,如跋涉过的山川历历。明朗与晦涩自在其中,由谁去喋喋,由谁去喋喋不休?

空间与距离,时间与语言,语言与距离,距离与距离。

距离

与

距离如

人

与

人

构成人间如

树

与

树

构成森林如

社会必有历史，必有兴衰，在折褶里。

折以人的手掌，以枝干的叶，以人体的眼睛，以树的耳朵。

折褶如人的春秋过的脸，如树的夏冬过的枝叶。

读春读秋，读人读树，读成化石，永不永恒？泥土、树、人、化石，除了化石，由谁回答？由风，永远无定的风，由于无形也无影，也许永恒。然而风还是受累于她的风声。

无论如何　果实为采摘

而成熟　如根之为成长

而绵延　并无玄秘

语言与沉默

风与枯叶

仍在

空悬

风为一切受孕，风为一切催生，永不安定的永不沉默的，无形无影的风，行状不明，摧枯拉朽的风。风是时间的手，风是空间的脚，风是化石的脸。

1986 年

风

接近风的深情表达

◎王芸

风激荡田野,留下怎样的辽阔。
风穿透月光,留下怎样的暖寒。
风翻卷沙漠,留下怎样的汪洋。

风覆盖过皮肤,留下怎样激情的战栗。
风拂掠过舌尖,留下怎样纯粹的诗句。
风吹彻过灵魂,留下怎样狂放的舞姿。

风吹透风,留下怎样深刻的印痕……
                        ——致舞者伊莎多拉·邓肯

在风与形体之间存在的差异,不言而喻。形体受限于骨骼的硬度、肌肉的弹性、血液的牵连,它们浑然一体,塑造也局限着有重量、有质感的思想。而风,一些随意组合的空气微粒,可以穿越细微也可以覆盖辽阔。

不受羁绊的风,以千变万化的形态纵情山野。有时他伸出绵厚的手掌,在沉甸甸的稻禾间掀动柔细的波纹。有时他用轻佻的手指,勾引一穗结实的高粱,将它一心一意摇醉在田野里。有时他挥动如海如山的掌风,将一整片山野的林木和庄稼都摇醉在蓝天之下。无数的醉汉就在天地间摇摆,壮硕的脊背仰仰俯俯。有时他顽皮地绕着圈子奔跑,将刚从天空落下的雪粒打着旋儿重新送向天空。有时他像个冷酷无情的驭者,鞭策着浩瀚无边的沙原不管不顾地向前狂奔,在狂奔中破碎又聚合。有时他又受到莫名母性的驱使,浪浪漫漫地,轻轻柔柔地,用一个悠长的呼吸,将绒毛似的蒲公英种子吹送到不同颜色的土壤中。

没有人知道下一刻,风会以怎样的脾性出现,是优雅如淑女款款漫步,还是野马似的纵情狂奔,或者孩子气地撒野,蹦蹦跳跳肆无忌惮。风似乎是一切规则的叛逆者、破坏者,他超然于方正严谨的规则之上,随意幻形,做他想做的,成为他想成为的,并随手赐给每一事物从自己的躯壳中短暂挣脱的机会,让被形体封闭的自我瞬间癫狂。

风是无法框缚的,对风来说,那等于死亡。风与自由贴肤而生,有血管在暗中相连,哪怕一个细窄的缝隙,也不能掐断风自由的天性。抽长身体穿过之后,风又恢复了他的浩荡、豪放、不羁。

天然的差异造就了风,风行走在冷与暖、正与负、强与弱的界面上,风不顾一切地贴近生命。大地上的、天空中的、静止的、奔跑的、复杂的、简洁的、轻飘的、滞重的、柔软的、坚硬的,风都要一一去细细体察一番,缠绕一番,用自己的生命原力,将差异弥合,让天地万物尽情任性蓬勃生动地舞动起来。看似柔曼的风,却拥有着强劲有力的表达。

没有人知道,风是否受过伤,风会不会在改变着外物的同时,将自己弄得伤痕累累。即使有过伤口——那一定很多,风是个太过放浪任性的游子,四处奔走的生命总是比安稳自闭的生命容易受伤,充满激情的生命总是比失血的生命容易被刺痛——即使有过伤口,也会被另一阵风迅速地覆盖吧。看起来,风始终是那么精力充沛,吹荡着辽阔的空间,也吹彻着无垠的时间。

风无法稳定。有时候,恐怕连风也不知道自己下一刻的意图,下一刻的欲念,下一刻的方向,他只是被天性推搡着,在自由、奔放、辽阔的行走间表达着汹涌的情绪、意念和情感。风是一个内心太过饱胀,被表达的冲动强力驱策而不得不四处奔走者。淤积的沉默,会发酵成哑口的痛苦。畅快的表达,是难以言传的幸福。风,迷恋这一种幸福。

然而,让形体去表达风的语言形态,像风一样自由奔放地舞动,不可想象。那需要赋予肢体怎样的魔法,才能接近一阵风的表达?穿着白色图尼克的邓肯,在音乐的伴奏下,在《马赛曲》,在埃塞尔伯特·内文的《奥菲利娅》、《水仙女》,在波提切利的《春》……旋律中用生命舞动的邓肯,如风一般,吹动了整面平静的舞台,席卷了无数眼睛与耳朵背后疲乏愚钝僵硬虬结的心灵。

让舞蹈的光芒楔入身体最核心的部位,从内向外,照彻生命——那是邓肯的舞蹈理想。她也许不是神化舞蹈的第一人,却是第一个将之送上舌尖四处宣扬者。她试图达到身体的极限,让舞蹈拥有风一样表达的自由与内在力度。她关于舞蹈的颠覆性理念,曾经飓风一样,扫荡过欧洲、美国教条化的舞坛和俄罗斯广袤无垠的冰雪大地。

她也像风一样,迫不及待地爱过一次又一次,每一次迅疾而狂放的爱,都在她的身体与心灵上留下了痛彻肺腑的伤口。最深利的那一道,长久无法愈合,那是曾欢绕在她膝下的一双儿女留下的。年幼的他们,在车祸中双双沉入了永恒的睡眠,升上了天堂。一次又一次的伤痛,让邓肯明白,舞蹈才是自己生命的永恒和归宿。只有让身体与灵魂一起,像风一样纵情地表达,才能让内在的生命之光,照亮充满苦难的人生。

舞台在邓肯的脚下移动,就像大地跟随着风在奔跑。

空气在邓肯的手指间流动,就像树叶被风流畅地捋过。

白色的图尼克抖动如水面上急颤的月光,乌黑的发向上向上,恍如黑暗被风那有力的大手托举。

丰满的身体一次次擦过空旷,留下一道道令人目眩的光芒。生硬的线条慢慢柔软,模糊,化作一团混沌之光。

忧伤的表情和目光却凸显出来,成为变幻中坚定的永恒,无声地铺成迢远的路,将生命引向远方……

生命有限,邓肯曾在大大小小真实的舞台上舞蹈,从年轻走向衰老,从稚涩走向丰盈,从外在走向内在,从局限走向无限。如今,已与风化作了一体的她,继续舞动在《我的爱,我的自由》这片由文字堆砌的永恒舞台上,舞动在我的眼前、我的身边、我的心里。

让我真切地看到了那一阵风的深情表达……

风

随风走过四季

◎耿占春

> 离离原上草，一岁一枯荣。
> 野火烧不尽，春风吹又生。
>
> ——杜甫

　　青海湖是一个生命的机体，她在时间中诞生，并将在时间中消亡，但这个生与灭的过程是我注定看不到的。假如把青海湖的兴衰放在宇宙的时空中，她又短促得使我们几乎来不及对她投出一瞥，犹如将我的生命与青海湖相比一样。然而假如我们截取她生命史中的一个片断，使我们能够直面她的存在，那么她匆匆的步履便骤然慢了下来，慢得与我们的生命同步，我们就能够接近和理解她了。对于她，这个最小的单位是一次雪融冰封或一度草木枯荣。于是我跟随一阵湖畔的风，一起走过这个短暂的历程。

　　从气候和自然环境来看，青海湖最美丽的季节无疑是 7 月和 8 月，当然，秋意渐浓的 9 月也很美，如果把生机勃勃、百草齐发的 6 月和尚未被严寒所统治的 10 月也算上，那么这就有 5 个月的好光景了。至于其他时候，我可以说她有个性或有魅力等等，却很难用上美这个词来形容了。在草原上，"美"是最为直观的了：最美好的时候羊儿最为肥大。假如一定要把这个四季并不分明的地方划分出四季来,它们大致是:5月和6月(勉强可以加上4月)——春——风尘仆仆;7月和8月——夏——风和日丽;9月和10月——秋——风行草偃;11月至翌年3月——冬——风刀霜剑。

一年之中,风在牧人的感觉中表现出两大特征:清爽或干冷。这区别出了两个大的时段:夏秋和冬春。牧人的生活远不像不曾感受过它的人们认为的那样单调、枯燥,实际上它丰富多彩,充满了变化和无穷的情趣,在每一个季节的转换过程中都给牧人的生活增添新的内容,每一个季节里都体现出牧人不同的创造性和牧神赋予的智慧。毫无疑问,对牧人来说,一年中最让他们高兴的季节是夏秋时节,可惜它太短了,短得像人生的青春。这个时间包括7、8、9三个月,勉强还能算上10月,这是最值得珍惜的季节,所以牧人们要做许多事情:不断地搬家转场,剪羊毛,最大可能地储蓄酥油和干牛羊粪,收获庄稼和燕麦,修复网围栏以加强对冬春牧场的保护,出售牛羊、羊毛和各种畜产品,为母畜配种等等。其他与生活有关的大事情也集中在这个时候,比如修房建院,改造和扩大牛羊圈,谈情说爱,过节赛马,置办嫁衣新装等等。尽管繁忙,可牧人们乐此不疲,因为这个季节至关重要,它将决定下一个年度中牧人的生活水平以及牧业发展。前两个月中牲畜要尽快恢复消耗了一个冬春的体力,后两个月更是抓膘促肥的关键时候,所以牧人们要早出晚归,延长放牧时间,因为肥壮的牛羊无论对出售还是安全越冬都是十分有利的,特别是要最大可能地充分利用深山牧场,以便给冬春牧场留有更大的回旋余地。在定居之前,这个季节牧人家庭的全体成员和物品都要搬迁到山里,在那里支起黑帐房建立自己的"夏窝子",这个季节牧人是最辛劳的,然而辛劳就预示着丰收,丰收是让每个人高兴的事。让人高兴的还不止于此,这个风吹草动的季节是草原上最美的季节,山色青黛,大地碧绿,百花齐放,缓水奔流,天高气爽。这一切都令人情不自禁地想歌、想舞、想做梦、想爱情,尤其是对于年轻人,坐在山顶上弹吉他或向山坡下的少女唱情歌,一边挤牛奶一边看自己喜欢的小伙子骑马奔驰在草原上或悄悄地想自己秘不示人的心事,怎能不让他们和她们高兴呢?这个季节体现了人与自然、人与人之间的和睦亲近,牧人们以各种方式表达着对生活的赞美和感激,他们心中充满了热情。他们把这一切情感在秋天那个庆祝丰收与爱情的传统节日中充分抒发出来。

11月已经开始进入冬天,天寒地冻,如果没有风雪,牧人们还可以在山里的牧场坚持一阵子,一遇风季就不得不退回到湖畔的平原草场了。入冬后最忙的事情是有选择地批量出售牛羊,牧人们都希望能有一个好价格,因为这直接关系到他们的收入和生活水平,交易过程中的讨价还价固然是一种技巧,但起决定作用的是大市场行情和政府的调控力度,牧人们对此无能为力。牧人将一定比例的牛羊售出后就开始屠宰,宰杀牛羊的技艺当是每个男子必须熟练掌握的,这不必说。牧人们要把一家人冬春数月中食用的牛羊肉一次性宰杀储备,一般一个七八口之家要宰杀四五头牛和二十只左右的羊,数月中这些牛羊肉就处于自然冷冻和风干状态随食随取。这种做法出于两种理由,实际上是一个原因:其一,是传统习惯使然,在过去的年代,不到6月份之后是禁止宰杀牛羊的;其二,冬春季节的牛羊十分瘦弱,肉也不好吃,因而不宜宰杀。然而这种一次性宰杀的方式造成的浪费是显而易见的,不仅大量内脏无法充分利用,牛羊肉在风干过程中也损失很多,并且失去鲜嫩的口感。这一习惯正在开始改变,一些牧人在定居点的羊圈内专门饲养一二十只羊,使其不至于落膘,可以随吃随宰;另一些富裕的牧人正在考虑购买可以容纳数只羊的大型冰柜,以便冻鲜。传统正在改变。

冬春季节牛羊多集中在面积较小并有网围栏的牧场,省去了牧人许多精力。但那些体弱者和"孕妇"需要多加关照,因为死神离它们最近。如果保暖和草料有保障,羊羔在冬天出生是最好的,这样当夏天到来时它们已经有自立能力了,会有利于生长。然而严酷的气候和有限的食物迫使牧人们不得不以养育春羔为主,春羔在3月底4月初降生,可它们仍然生不逢时,等待它们的是风沙、寒冷和饥饿。母乳严重不足,牧人就要对母婴加倍呵护,把最好的草场和有限的燕麦留给它们,其他牛羊则以不被冻饿而死为标准。这个季节一般不需要挤牛奶、打酥油和更多地捡晒牛粪,也不再频繁搬迁转场,牧人们显得格外清闲,但他们总有许多事情可做,比如坐在阳光下捻牛毛和羊毛线,然后纺织褐片以修补帐篷,织毪毪,编织手工毡毯,女孩子用很多时间准备自己的嫁衣。这是一个发挥个人的想象与创造能力,显示个人手工技艺的好时候,许多传统的艺术在这时得以传授和继承,可惜的是年轻人对这些技艺越来越缺乏兴趣了。对年轻人来说,这个季节尽管清闲,却"一点儿也不好玩",它漫长、缺乏色彩,在寒风的肆虐中,它让人感到压抑、郁闷和难以排遣的孤独,不过如果他们愿意,他们会有很多时间聚在一起弹吉他和唱歌,女孩子们大概对这种环境适应性要强一些,她们可以长久地进入自己的幻想中。在漫长的岁月里,这个季节牧人们转而更多地关注

风

自身的繁衍和传统的延续，人们谈婚论嫁，讲故事，说历史，人们更多地反省自身。这是一个必须时刻小心提防和敬奉的季节，人类以往与自然之间的矛盾，以及对自然的种种不敬此时会很容易表现出来，它会以极端可怕的方式——灾害——来显示。对于草原，最令人恐惧的当是暴风雨，持续的干冷与狂风沙暴也同样影响深远，于是这个季节里饱经风霜的老人们会用更多的时间祈祷和沉思，所有的牧人也都会在虔诚和宁静中使自己的心灵和人格趋于成熟和完美。青海湖的四季同牧人的生活一样充满了迷人的变化，即使那不能够用"美"这个词来形容的季节，也同样隐藏着让人难以抗拒的诱惑，它甚至能够透过冰雪严寒、透过空旷苍凉来打动你的心，震撼你的灵魂，这就是大自然的内在力量，这就是青海湖的魅力所在。

关于青海湖金风含香的秋天，我已经说得够多了，我之所以把这个季节作为重点，是因为它是一个特殊的季节、一个重要的季节，在这个短促的季节里一切都在成熟：思想、青稞、牛羊、爱情。这时候几乎所有的人都会有所收获，它使人们相信这一年是值得的。实际上这个时候人及其他所有生物所做的一切，都直接关系到他或它的生命与生活是否能完全而顺利地延续下去，所以连最会恶作剧的风和乌鸦也不拿这个季节开玩笑。

接下来这阵风便吹进了一个漫长的冬天。这个冬天漫长得能使最贪睡的生物有足够的做梦时间，怕只怕它没有足够的体内脂肪储备。如果说在 10 月的草原和湖面上还能够看到金秋的光芒闪闪烁烁，那么 11 月里的任何一场雨、或一场雪、或一场大风，都能够把整个草原彻底冻僵。这个季节里如果没有特大的暴风雨，整个湖畔肯定任何事情都不会发生。

严寒是整个大地上无可争议的统治者,而且它还是一个暴君,最勇敢的牧人和羊群也不得不从深山牧场撤退回来,集中在湖畔这片显得狭小的牧场上。牛羊们穿着一年中最厚重的衣服,它们必须在寒冷中终日不停地进餐,尽管如此,它们仍然常常不能满足体内的需求,于是便不得不转而消耗它们在秋季储存于生命中的热量。整个大地一派苍茫,牧草谦卑地贴伏在地面,像是迎接驾临的君王,寒风逗留在一枝高出地面的草叶上,吹着微弱的哨声,过了一会儿,风仿佛把这游戏玩腻了,它就把草叶折断抛掉,然后又在草地上跑来跑去,我不知道它还能找到什么。整个草原上,除了黑色的牛和白色的羊,如果你还看到了什么色彩,那肯定是牧羊人的服装。往日碧波荡漾的湖面现在凝然不动,整个湖泊变成了一块银灰色的固形物,我想女人们可以把它拿来像一个银盾一样装饰在自己的衣服上,可惜它实在太大了。

在严寒的冬天,我和牧人同样感受到了固定的住房带来的幸福。熊熊燃烧的牛粪火产生的热量,使房子里同室外相比犹如温暖的春天。冬天的白昼虽然很短,可这个季节的漫长使人们有太多的时间在寂静中去面对自然、神灵和民族的历史,有足够的时间去面对内心及自己的家人、朋友。我相信,那关于英雄格萨尔的故事、关于猕猴与岩魔女繁衍人类的故事、关于青海湖形成的故事、关于松赞干布和文成公主的故事、关于仓央嘉措和他不朽的情歌、关于歌唱和爱情的技艺等等,都是在这个冬天里发生的。它们在这堆升腾着蓝色火焰的牛粪火旁被一遍遍地讲述,又一代代地传下来,因此这一个个的冬天里虽然什么事都没有发生,但那曾经发生过的一切都重新活起来,继续进行着。于是这个表面看来显得过于单调的冬天就充满了意义,它使生活成为古老传说的一部分或故事的延续与发展。

湖水从 10 月里就开始结冰了,当然这出现在靠近岸边的那些浅滩或湖湾,夜里结薄薄的一层冰,常常又被白天的阳光烤化,这种类似游戏的拉锯战可以持续到 12 月,在冬至前后的某一日,这种游戏被严寒单方面终止,它以闪电式的行动发起突然袭击。这天夜里,湖畔的人们会听到从湖面传来犹如响雷般的轰鸣,好似战车滚滚、炮声隆隆,惊心动魄。第二天人们发现整个湖面凝然不动,已完全被坚冰封锁,这时候你会想起"冰冻三尺非一日之寒"的名句来,但它恰恰与眼前的事实不符。然而这个闪电行动是蓄谋已久的,青海湖千顷碧波中所蕴含的力量迫使严寒无法采取稳步推进的渗透方式,它必须借助于零下二十几度的低温以突袭的方式发起强大的攻势,在短时间内迅速控制整个局面,以彻底征服那不愿就范的波浪,于是就有了这场神奇无比、使人惊叹和敬畏的大自然之战。这情景简直令人难以置信。

到藏历新年前后,湖面上的冰厚已完全可以承载一队牦牛通过了。这个时候,唯一在湖面上工作的是那些非法捕鱼者(在 20 世纪 80 年代以前,我们不能这样称呼他们),这是一种既辛苦又隐藏着危险的劳动,捕鱼的方式却充满着古老的智慧。捕鱼人在冰面上先要凿一个洞,然后把一条挂着许多钓钩和饵料的长绳子放进冰层下的水中,那些饥寒交迫的鱼儿便会趋之若鹜,不约而同地拥挤到这既有亮光又散发出食物香味的洞口来。我猜想,当鱼儿们嘴里含着那块食物既不能下咽又无法退出去时,在绝望的挣扎中它们一定明白了点什么道理,可它们已经没有机会将这致命的教训转化为"下一次"的经验了。更有一些渴望光明胜过生命的鱼儿,它们被洞口的阳光所诱惑,性急地从冰洞蹿跃而出,这就乐坏了守株待兔的捕鱼人。不论是被引诱上钩的还是主动送上门的,它们一出水面就会感到零下二三十度的严寒冰得骨头咯咯作响,几乎不等它们把后悔的话说出口,捕鱼人已经用一瓢湖水堵住了它们的嘴,它们立刻就变成了速冻鲜鱼,因而人们称这种被封在一个个水晶棺中的鱼为"冰鱼"。据说捕鱼人所凿的冰洞大小要适宜,太小了会很快被冻住,太大了就有可能引起塌方危及捕鱼人的生命,几乎每年冬天都有捕鱼人掉进冰洞中喂了鱼,所以捕鱼人既要有经验又不能太贪心。以前捕鱼者大多是附近的农民,冬闲时来此弄点猎物回家下酒,多余时还可以送给亲友邻居或晒成鱼干后慢慢享用,这种"干板鱼"同样美味可口。如今捕鱼者主要为了出售,所以多多益善,也不厌其小,尽管湖中湟鱼(裸鲤)急剧减少,老练的捕鱼人一天仍能捕到上百斤之多,望着大大小小的鱼儿犹如带孔的钱币一样被一串串地不断拉出水面,捕鱼人仿佛看到了崭新的衣服、房子和摩托车,不知是由于寒冷还是激动,他们显得满面红光,于是在金钱的辉映下,禁捕的法律条文此时更变成废纸一张,一文不值。捕鱼人穿着厚厚的棉衣、带着干粮极有耐心地坐在冰上守候,就像一群爱斯基摩人,不过他们身旁停着的不是雪橇,而大多是手扶拖拉机。所捕得的鱼主要由二道贩子转到城镇中去出售,有时捕鱼者自己也在公路沿线向来往的车辆兜售,价格非常便宜,甚至便宜得与猎人所付出的劳动和践踏的法律及良心代价很不相称。

假如有一场暴风雪在冬天降临,草原的宁静就会被彻底打破,那将是一场无法抗拒的灾难。那些为生存已经耗得筋疲力尽的牲畜,此时再也没有力量抵抗严寒和缺粮断草的重重围攻了,它们不得不闭上绝望的双眼,因为它们明白,挣扎是徒劳的。灾难严重时还会直接威胁到牧人的生命。感谢造物主,幸亏这种情况在湖畔不是常有的。

但如果有一场甚至接连几场大雪在 4 月份之后降落,就值得为此而干一杯,因为这实在是丰年之兆。这个时候虽然春天仍迟迟未到,但春的气息已经传来了,渐渐升高的地温和温暖的太阳会很快融化积雪,雪水渗入干涸的草地,整个大地便会因滋润而变得富有弹性,所有的草根和种子都会发出无声的欢呼,蛰伏在地下的生物们也会伸着舒适的懒腰哼哼唧唧地唱起歌来。对于牧人来说,这个春天给了他幻想许多事情的理由。然而遗憾的是,这种好事同样并非年年都有。

往往是,干冷的风成为草原上唯一的客人,它们不请自到。在高原上,春天的概念与同纬度的黄河中下游地区截然不同,它的象征不是春雨潇潇润物无声,也不是春风融融柳绿花红,而是风的肆虐。前人曾有这样的记载,青海湖地区"四时多风,风必烈,拔木滚石,……风起闻怪声,若山崩地裂,皆枯树摧折之声也"。如今,环湖地区已没有多少可供大风摧折的枯树了,更多的是黄沙和裸露的土地,这更助长了它的放肆,又加剧了湖畔的风蚀和沙化。干冷的风从早到晚不知疲倦地刮呀刮,我都替它累了,我对它说,你这样实在让人讨厌,但它毫不在意,依然我行我素。这时候,我才深深理解了为什么古人用"刮"这个动词来描述风的工作,风像一把双刃的刀子翻来覆去地在大地上刮过,就像一个兢兢业业的手艺人对付一块石膏那样一层层地刮下来然后吹走。起初,它刮起那些脆弱的草屑,继而从那些裸露的土地上刮起一层层尘土,风更大时就会把较大颗粒的黄沙一同卷上天空,最终形成沙尘暴,遮天蔽日浩浩荡荡地越过草原、越过山岭,直扑乡村与城市,于是世界就笼罩在它令人窒息的沙尘和凄厉的呼号之中,这个无形的气流之神借助于它在大地上所能劫掠的一切物质而现出了它令人望而生畏的形象。这时候连最不听话的孩子也希望赶快睡着。

> 风的车子的威力;
> 摧毁着,声声轰鸣;
> 傍着天空行,散布红色;
> 还沿着地面走,扬起灰尘。(《梨俱吠陀·风》)

不论这个喜怒无常的天神何时出现又何时消失,也不论它从哪里来又到哪里去,在它为所欲为的横冲直撞中,大地终于渐渐苏醒。种种迹象表明,春姑娘正在艰难却又毫不妥协地一步一步走近。

首先是湖。从3月到4月,这个巨大的帝国将从森严冷漠的封闭中解放出来,坚硬的躯壳渐渐被融化,重新泛起它那迷人的波光水影。最初的变化很难被人觉察到,那是在冰层下悄悄进行的。阳光像时针一样慢慢转动,把大衣的高领翻起来,遮住照在脖子和耳朵上的阳光,如果能同时背对阳光和风,那真是最幸运最惬意不过了,如果阳光和风产生了方向性的矛盾,我会很明智地面对后者。实际上,在高原的烈日下,如果你没有更多的运动,厚厚的衣物倒能使你更凉爽些。我就这样坐下来读书、沉思或东张西望地看风景。当我倦乏的时候,我就会顺势躺到松软的草地上,把书展开来盖在脸上,那便是一个小小的遮阳棚。我无忧无虑地躺着,嗅着秋天的草原上散发出来的成熟的气息,听风在草丛间跑来跑去,一切都美好极了。

在湖畔的草原上,风似乎总是从湖面上吹来的,它清凉、新鲜、柔和,却很有穿透力,无论你穿多少衣服,它总能找到你的肌肤,也有时,风从公路、农田的方向吹来,虽然不那么凉,但它带来了弥漫的尘土,空气不那么清新了,天空不那么透明了,云也显得疲倦而灰暗了,偶尔间,风还带来一阵阵汽车轰响和喇叭的尖叫,这多少让我觉得有些扫兴。它说明这纯净的湖泊和草原并不远离尘世的喧嚣。

风，径自吹去

◎黑瑛

风是什么？庄子说："大块噫气，其名为风。"庄子所谓"大块噫气"，就是大地喘粗气，至于这大地怎样喘粗气，庄子还有所形容，他说："是唯无作，作则万窍怒号！"也就是说，这大地喘粗气，不喘则已，喘起来就万物应和、动地惊天——这大概是古人最早对风做出的解释和形容了。

当然，庄子所发的这番议论，其意并非说风，这且不去管它，不过用"万窍怒号"来形容大风之声势，还是十分形象逼真的，特别是北方的大风。在北方，草木稀少，土石裸露，大风一旦逞威便无遮无拦，那声势，就像洪水溃堤，猛兽脱栏，君不闻岑参诗中有云："轮台九月风夜吼，一川碎石大如斗，随风满地石乱走……"这诗句虽然主要写那风势，但在沙飞石走的情况下，那大风的弥空漫野、山鸣谷应的吼声，也就可以想知了。

我就生长在干旱多风的北方。可能是这个缘故，在自然界的各种气象中，我最讨厌风天。北方的大风，可以从秋初刮起，断断续续地一直刮到来年夏初。往往严冬刚过，几场大风便吹来炎热的夏天，而炎夏刚过，几场大风便又把寒冷的冬天送到。那春天和秋天既短暂而且很少无风之日，当你想要享受一下一年当中难得的春光和秋色时，那大风却早已把它们吹得荡然无迹。这无尽无休的大风究竟从哪里刮来？我在懊恼之余常常翻开地图册看看,却见那沙漠地带竟从北非、中东、西亚、中亚直到中国的戈壁和黄土高原,一路沿着地球的中纬度地区径直向渤海之滨延伸而来,似乎造物者进行的"造沙运动"依然意犹未尽,这恼人的干旱大风,大概就是被沙化的"大块"发出的愤怒而无奈的"噫气"吧!

这又有什么办法呢?造物者的"造沙运动"指向中国的北方,似乎从几千年前就开始了。刘邦与项羽打了五年仗后当了皇帝,衣锦荣归他的故里小沛后,在家乡父老面前击筑而歌,歌曰:"大风起兮云飞扬,威加海内兮归故乡,安得猛士兮守四方!"一时,"慷慨伤怀,泣数行下"。刘邦这个只有三句的《大风歌》,被后世赞为具有"王者之风"的绝唱,而这个已流传了两千多年的绝唱便是以"大风"起兴的。这自然不能作为证据说明北方——小沛也是北方——自古多大风,但可以说明,那时刮起的大风,不但已干预着人们生活,而且也感兴着人们的精神了,当了皇帝的人也难以例外,大风"入世"之深,于此可见一斑。

从刘邦想到了比他还要早百十年的词赋家宋玉。这位宋玉写了一篇有名的《风赋》,他把刮过人间的风分为"大王之雄风"和"庶人之雌风"两种。那"大王之雄风"刮起时,大则"乘凌高城,入于深宫",小则"徜徉中庭,北上玉堂",这种"雄风"刮了人则"清清泠泠,愈病析酲,发明耳目,宁体便人",而那庶人的"雌风"则完全相反,刮了人后,不但使人"生病造热"、"中心惨怛",而且让人生疗长疮,不死不活……宋玉在这里不知是要巴结还是在讽喻楚王,但他把风分为"大王雄风"与"庶人雌风",确是个奇思异想。按照他这种说法,引发刘邦唱《大风歌》的那风该是"大王雄风"无疑了,可是汉武帝刘彻也曾因风感兴而写过一首《秋风辞》，诗中写道："秋风起兮白云飞，草木摇落兮雁南归……"这位皇帝虽然也是风呀云的，可是已远没有乃祖《大风歌》那种"王者"气象了。至于后来的一些皇帝如南唐后主李煜，他写的词中也颇有些"风"，如"车如流水马如龙，花月正春风"，又如"小楼昨夜又东风，故国不堪回首月明中"，更是一派缠绵悱恻，哪里还有半点"王者雄风"的影子？由此可见，那风并不分属于王者或庶人，更不分什么雄与雌，只是径自一路刮过去。

还是诗人白居易的一首题为《春风》的诗说得好："春风先发苑中梅，樱杏桃李次第开，荠花榆荚深村里，亦道春风为我来！"你看，以花族而言，春风过处，不管是园中名卉，还是村头野花，它们都会及时获得春风带给自己的花信，春风对它们从不厚此薄彼，虽然未尝无人希望春风也能有个"偏心眼儿"。和白居易同代的诗人李商隐就有一首也题为《春风》的诗，诗中说："春风虽自好，春物太昌昌，若教春有意，唯遣一枝芳"，他就嫌春风太不讲选择，以致百花勃发的春色有些烦人了。这位诗人只希望他心中的那"一枝"能独享春风，但不管他那"一枝"是谁或是什么，春风对这种"别样情怀"不屑一顾，依然径自一路刮过去！

不过，春风虽不像有的人那样生个"偏心眼儿"，但也不是只知一味多情。且不说那造物者"造沙运动"中春风也是一员"干将"，仍以花族中的事情而言，那春风既能把花儿吹开，妆饰得花团锦簇，也能把花儿吹落，糟蹋成一片狼藉。对此，一些诗人又不免感到遗憾，欧阳修有诗云："春风本是开花信，及至花开风更紧，吹开吹落苦匆匆，春意到头无处问。"范成大对此更是有些怒气冲天，他在诗中直斥春风："吹开红紫还吹落，一种东风两样心!"这位诗人指着鼻子骂"春风",当然可能别有所指,但也不能据以开脱春风没有"两样心",大诗人杜甫就有诗"证实"春风确有另种模样,他说:"设道春来好,狂风太放颠,吹花随水去,翻却钓鱼船!"你瞧那春风"放颠"之时,不仅吹落了春花,还能掀翻了钓船,谁能说春天里只有那温情脉脉的"吹面不寒杨柳风"?

当然也不必随着诗人一起去"怨春风",那春风虽也有"放颠"之时,比较起来,它还是有与世为善之心的,如果待到秋风刮起,露冷霜凝,草木凋落,大地一片凄清索漠,原来那"接天莲叶无穷碧,映日荷花别样红"的荷塘,此时只见"多少绿荷相倚恨,一时回首背西风";原来那"青草池塘处处蛙"、"夏木阴阴正可人"的田野,此时只见"长风吹白茅,野火烧枯桑";原来还煞有介事地大讲风分雄雌的宋玉,此时只能对着肃杀的秋风高吟一声:"悲哉!秋之为气也……",原来还怨春风有时"放颠"的杜甫,此时却气急败坏地哀叹:"八月秋高风怒号,卷我屋上三重茅……",并且,这还不是秋风最"放颠"之时,一旦它发威逞狂,"南山万树高十丈,一一拔去如秋蒿,眼见室庐作飞瓦,窃恐性命随鸿毛",诗人就只能惊恐地哀鸣了,更不必说那造物者施风"造沙"时形成的那种沙霾蒙天覆地、移山填海的可怕场面了。

这究竟为了什么? 一样的风,催开百花、成就美好春光的是它,凋残万物、造成大地一片荒漠的也是它;温煦多情、嘘寒拂暑的是它,暴虐无情、降灾加祸的也是它! 诗人们似乎还是慢慢地体认到风的这种既飘忽无定、又变化无常的性情是造物者赋予它的,"生杀还同造化工",人对它只能无可奈何。虽然有的诗人在无可奈何之际还是对风恳求似的说:"深知造化由君力,试为吹嘘借与春!"但是,风对诗人的这种一厢情愿不屑一顾,仍是按照人所不知的"造化"意旨,径自吹去,对于诗人,也包括对我这样讨厌风天的人,"爱也由你,恨也由你",风是无动于衷的,不过它还是相信:在人们能够参悟些许"造化"之心时,对它也终会增多一些理解。

或许,对于风,人们原不必有那么多的困惑。缘于"造化"之功的事物,总是有因可循的。万物的生灭变迁,总是按着一定的规律运转着,花该开也该落,春该来也该去;北风常向南方吹,南风也有向北时。地球自转公转,大气流动循环,才有了寒来暑往的人间岁月,才有了依物候变化而生存发展的人间万物。至于那看似吓人的造物者由西向东进行的"造沙运动",也是有其所以然的轨迹可察的。人们如果尊重"化工"的自然规律,多做些自己该做的事,少做些自己不该做的事,那"造沙"的风也许会变得更可人意些,人与风可能会更相安些,诗人们也可以更宽心轻松地去"吟风"了。

对于庄子所说的"大块噫气"、"万窍怒号"的话,如果细细体味其意,就不难知道那原是说人而不是说风的。他指出的是,在刮风时所以会出现"万窍怒号",皆因为万物各有自己的这样或那样的"窍",有这些不同的"窍",就会对风有各种不同的反应与回响,刮风时,万物乱叫乱吼,这其实是"咸其自取",风又何尝吱声过?看来,人们自己把"万窍"疏理得通畅些,那风也就不至于动辄狂吼怒号了。

真希望有人再写一篇令人信服的《风赋》,而不仅是靠诗人的笔。

春风

◎老舍

　　济南与青岛是多么不相同的地方呢！一个设若比作穿肥袖马褂的老先生，那一个便应当是摩登的少女。可是这两处不无相似之点。拿气候说吧，济南的夏天可以热死人，而青岛是有名的避暑所在；冬天，济南也比青岛冷。但是，两地的春秋颇有点相同。济南到春天多风，青岛也是这样；济南的秋天是长而晴美，青岛亦然。

　　对于秋天，我不知应爱哪里的：济南的秋是在山上，青岛的是海边。济南是抱在小山里的；到了秋天，小山上的草色在黄绿之间，松是绿的，别的树叶差不多都是红与黄的。就是那没树木的山上，也增多了颜色——日影、草色、石层，三者能配合出种种的条纹，种种的影色。配上那光暖的蓝空，我觉到一种舒适安全，只想在山坡上似睡非睡地躺着，躺到永远。青岛的山——虽然怪秀美——不能与海相抗，秋海的波还是春样的绿，可是被清凉的蓝空给开拓出老远，平日看不见的小岛清楚地点在帆外。这远到天边的绿水使我不愿思想而不得不思想；一种无目的的思虑，要思虑而心中反倒空虚了些。济南的秋给我安全之感，青岛的秋引起我甜美的悲哀。我不知应当爱哪个。

　　两地的春可都被风给吹毁了。所谓春风，似乎应当温柔，轻吻着柳枝,微微吹皱了水面,偷偷地传送花香,同情地轻轻掀起禽鸟的羽毛。济南与青岛的春风都太粗猛。济南的风每每在丁香、海棠开花的时候把天刮黄,什么也看不见,连花都埋在黄暗中,青岛的风少一些沙土,可是狡猾,在已很暖的时节忽然来一阵或一天的冷风,把一切都送回冬天去,棉衣不敢脱,花儿不敢开,海边翻着愁浪。

　　两地的风都有时候整天整夜地刮。春夜的微风送来雁叫,使人似乎多些希望。整夜的大风,门响窗户动,使人不英雄地把头埋在被子里;即使无害,也似乎不应该如此。对于我,特别觉得难堪。我生在北方,听惯了风,可也最怕风。听是听惯了,因为听惯才知道那个难受劲儿。它老使我坐卧不安,心中游游摸摸的,干什么不好,不干什么也不好。它常常打断我的希望:听见风响,我懒得出门,觉得寒冷,心中渺茫。春天仿佛应当有生气,应当有花草,这样的野风几乎是不可原谅的! 我倒不是个弱不禁风的人,虽然身体不很足壮。我能受苦,只是受不住风。别种的苦处,多少是在一个地方,多少有个原因,多少可以设法减除;对风是干没办法。总不在一个地方,到处随时使我的脑子晃动,像怒海上的船。它使我说不出为什么苦痛,而且没法子避免。它自由地刮,我死受着苦。我不能和风去讲理或吵架。单单在春天刮这样的风! 可是跟谁讲理去呢? 苏杭的春天应当没有这不得人心的风吧? 我不准知道,而希望如此。好有个地方去"避风"呀!

春风

◎林斤澜

北京人说："春脖子短"。南方来的人觉着这个"脖子"有名无实，冬天刚过去，夏天就来到眼前了。

最激烈的意见是："哪里会有什么春天，只见起风、起风，成天刮土、刮土，眼睛也睁不开，桌子一天擦一百遍……"

其实，意见里说的景象，不冬不夏，还得承认是春天。不过不像南方的春天，那也的确。褒贬起来着重于春风，也有道理。

起初，我也怀念江南的春天，"暮春三月，江南草长，杂花生树，群莺乱飞。"这样的名句是些老窖名酒，是色香味俱全的。这四句里没有提到风，风原是看不见的，却又无所不在。江南的春风抚摩大地，像柳丝的飘拂；体贴万物，像细雨的滋润。这才草长，花开，莺飞……

北京的春风真就是刮土吗？后来我有了别样的体会，那是下乡的好处。

我在京西的大山里、京东的山边上，曾数度"春脖子"。背阴的岩下，积雪不管立春、春分，只管冷森森的，没有开化的意思。是潭，是溪，是井台还是泉边，凡带水的地方，都坚持着冰块、冰砚、冰溜、冰碴……一夜之间，春风来了。忽然，从塞外的苍苍草原、莽莽沙漠，滚滚而来。从关外扑过山头，漫过山梁,插山沟,灌山口,呜呜吹号,哄哄呼啸,飞沙走石,扑在窗户上,撒拉撒拉,扑在人脸上,如无数的针扎。

轰的一声,是哪里的河冰开裂吧。嘎的一声,是碗口大的病枝刮折了。有天夜间,我住的石头房子的木头架子,格拉拉、格拉拉响起来,晃起来。仿佛冬眠惊醒,伸懒腰,动弹胳臂腿,浑身关节挨个儿格拉拉、格拉拉地松动。

麦苗在霜冻里返青了,山桃在积雪里鼓苞了。清早,着大靰鞡鞋,穿老羊皮背心,使荆条背篓,背带冰碴的羊粪,绕山嘴,上山梁,爬高高的梯田,春风呼哧呼哧地帮助呼哧呼哧的人们,把粪肥抛撒匀净。好不痛快人也。

北国的山民,喜欢力大无穷的好汉。到喜欢得不行时,连捎带来的粗暴也只觉着解气。要不,请想想,柳丝飘拂般的抚摩,细雨滋润般的体贴,又怎么过草原、走沙漠、扑山梁? 又怎么踢打得开千里冰封和遍地赖着不走的霜雪?

如果我回到江南,老是乍暖还寒,最难将息,老是牛角淡淡的阳光,牛尾蒙蒙的阴雨,整天好比穿着湿布衫,墙角落里发霉,长蘑菇,有死耗子味儿。

能不怀念北国的春风!

西风

◎陈衡哲

有一天，正是初秋的时候，西风正静静地在红枫谷中睡觉，忽然被一阵喧嚷的声音闹醒，接着又听见四面飞跑的脚步声。西风揉了一揉眼睛，伸首向外一看，只见涧里的秋水，正横冲直撞地在那里乱跳，还有天上的薄云，和谷边的红叶，也夹着那淡黄的蝴蝶，在谷中乱扑乱飞。他们看见了西风，一齐叫道："快起来罢！月亮儿忽然不见了，我们找了这些时还不曾找着呢。你今天可曾见过她吗？"

这时候西风才知道他们所闹的是什么一件事。月亮儿不见了吗？在西风看来，这也算不得什么奇事。在这个红枫谷里，月亮儿和西风的交情，算是最密切的了，他们俩中间还有什么事是瞒着的呢？红枫谷里的居民，大概是不大喜欢到下面的世界上去的，他们至多一年去一次，有时也竟不去；唯有月亮儿却最恋恋那个下面的世界。西风虽然与她很投机，但却不甚赞成她的这个尘世观念。他曾常常劝她留在谷里，与兄弟姊妹们玩耍，不必去做那些俗人们的玩具。

做玩具吗？月亮儿听了，不由得生起气来了。她对西风说道："我正是因为下面的世界太恶浊了，住在那里的人们，只有下降的机会，没有上升的希望，所以我宁愿牺牲了红枫谷里的快乐，常常下去看看他们，想利用我这一点的爱力，去洗涤洗涤他们的心胸，并且去陪伴陪伴那比较高尚一点的人们的孤寂。我这一点悲天悯人的苦心，别人不知道也就罢了，你如何也不知道呵！"

西风听了这一番话，方才明白月亮儿恋恋下界的缘故，心中不胜惭愧。正不知道说些什么是好，忽然听得一阵笛声，从谷外飘来。西风懂不得那笛声的意思，但觉得它包含着无限思慕之忧，凄凉幽怨，听了不由得心里又是安慰，又是痛苦。月亮儿却是认得那笛声的，她知道下界的那位少年，又在想她了。她凝神听了一会，不觉潸然泪下，便对西风说道："你听呀！这个叫唤是何等的凄怨呵！那吹笛的是一位高尚的少年，他正想着我呢。我此时若不快去伴慰他的寂寞，恐怕他又要被尘世的毒气所熏染了；你说我还能忍心不去吗？"

西风虽然舍不得月亮儿，但也不便阻止她，只得问道："你此去约需几时才得回来呢？"月亮儿道："此刻世上的人们，因为天气初凉，尘氛渐减，所以想我去的心，比往常更为恳切。我此去或者有一二十天的耽搁，或者更久些，也说不定。"他们正说着，那笛声吹得更加悲切了。月亮儿此时也顾不得西风的恋恋和抱怨——其实她又何尝舍得他——匆匆地说了一声"再会"，径自去了。

西风心里纳闷，又觉得有些寂寞，便把两手抱着头，倒在一株桂花树的根边睡着了。却不提防那一群的兄弟姊妹们，因为找不到月亮儿，又把他吵醒。

于是西风便对他们说道："月亮儿不见了，也是常事，你们又何必如此大惊小怪呢？"他们答道："是呵，往常她不见了，倒也没有什么要紧，可是这一次却是很不幸呀。因为我们正想去聚集了这谷中的居民，做一个迎秋大会；月亮儿是这谷里的头等角色,少了她,我们这个会还做得成吗?"

西风见他们着急得可怜,便把月亮儿临走时的一番话,告诉了他们,并且说道:"她此去既有一二十天的耽搁,你们何不趁此也到下界去游玩游玩呢?"

这一句话却把他们提醒了,只见那薄云向那淡黄的蝴蝶,招了一招手儿,立刻就不见了。桂花树边,山石底下的秋虫,也爬了出来,吱吱地叫着,往谷外跳去。涧里的秋水,看见大家行动,忍不住也咕嘟咕嘟地向着下界奔流。只有那些红叶们,虽然竭力地挣扎,要想同他们飞去,却终是飞不起来。他们只得央求西风,来把他们送一送;但是西风说道:"那下界的人恨着我哩,我也与他们清浊异气,有些不愿去。诸位请自便罢,恕不奉送了。"西风一面说着,一面带着一肚子的愁思,向他所住的芙蓉穴走去。

那穴里有几百株芙蓉,此时开得正盛。芙蓉林里有一张石床,床的四周栽着菊花和秋海棠,床上却厚厚地铺了一层丹桂花。他们看见西风回来了,便一个个放出他们的幽香来欢迎他。西风很无聊地在那石床上躺了下来,仰首望去,只见天高气清,明星灿烂,只独少了一个月亮儿。西风思念了一阵,不觉蒙眬睡去;忽见月亮儿在云里探出头来,向他微笑。西风心里喜欢,却是说不出话来。但是,看呵! 月亮儿已经降下来了。她把身子斜倚在一株梧桐树边,说道:"还不醒来吗,西风? 世上的人想着你呢,尤其是一个少年女子;她说道:'若没有西风,那还成什么秋天呢? 就是那个月亮儿,也要带上三分俗气了。'听呵! 听呵! 她又在那里叫你了。"

西风此时已经醒了过来,当月亮儿说话时,他恍惚听见有一阵轻幽的歌声,从桂花香中透过来。他再听时,只听得唱道：

> 西风兮西风，
>
> 为我吹绿叶兮使成黄；
>
> 西风兮西风，
>
> 为我驱去盛夏之繁光，
>
> 为我澄清秋水兮，
>
> 为我吹来薜荔之幽香。
>
>
> 红尘混浊不可以居兮，
>
> 仰高天而怅望；
>
> 愿身为自由之鸟兮，
>
> 旁云雾而翱翔；
>
> 愿身为凄冷之西风兮，
>
> 携魂梦以回故乡。

　　西风觉得这个歌声，和上次的笛声一样，竟把他深藏心底的哀怨欢乐，一一地叫了出来；而且这个歌声的力量，似乎比那笛声还要厉害些。此时他竟把月亮儿都忘了，兀自呆呆地听着。隔了好一会，他才记起了月亮儿，但是她已经不见了，只有那歌声的余韵，还在他的心中缠着。

　　此时西风对于下界的厌恶心，不觉已变为思慕心。他暗想道："我已经有好几年不曾到下界去了，也许人们对于我的观念，已经改变了罢。我何不再去走一趟呢？又好看看月亮儿，又好认识认识那位古怪的女子。"但他忽然又想到了红叶们方才对他的要求，和他自己的拒绝，不觉有点不好意思，他对自己说道："我该用些什么话来对付他们呢？"

他一路想着，不觉已经走出了他的芙蓉穴。忽见穴的两旁，站满了红黄的落叶。他们正向穴口观望，悲嗟叹息。此时见西风走了出来，不觉齐声欢呼，一拥上前，把他围住，苦苦地要求他，仍把他们带到下界去。

　　西风见了这个情形，又惊又喜，便立刻答应了他们的要求。只听得呼吼一声，霎时间，红叶与黄叶，漫空弥谷，蹁跹回翔，转展地飞向下界去了。

　　西风把叶儿们送到了人间，正在徘徊观望，想去找找月亮儿，忽见方才从红枫谷里流下的涧水，正停住在一个田畔，凝思不动。他看见了西风，不觉笑逐颜开，对西风道：

　　"西风哥，你看我可笑不可笑呢？我自从到了下界之后，竟停住不能再流了。你肯把我推动一下吗？"

　　西风于是走近涧边，只把那涧水轻轻地一推，说也奇怪，那秋水便如复活了一样，跳跃欢欣，奔流向大河去了。

　　但西风因心中挂念着月亮儿，此时不免又抬头向天上张望。猛然间，只见那从红枫谷里飞下来的白云，正呆呆地挂在半天里，愁眉不展地在那里发急呢。

　　"怎么！"西风不觉好笑地发问，"你也不中用了吗？"

　　白云涨红了脸，迟疑了半晌，才答道："惭愧惭愧！我们红枫谷里的居民，除了蝴蝶之外，一到下界，便都像了这里的人民，成为废物了。"

　　于是西风纵身一跃，腾入了白云深处，他向白云吹了一口气。只见纤云片片，轻盈皎洁，立刻荡漾于青天碧山之间，回复了他们活泼的原状。

　　西风叹了一口气，便在一座满挂薜荔的岩下，坐了下来。他此时无暇再想那少女和月亮儿了，他只觉得白云红叶们的可怜;他的心竟为着他的没有自主能力的同伴,充满了无限的悲哀。

他正这么感慨着,忽听得月亮儿的声音,在他的背后说道:

"西风西风!你怎么忘了那个少女呢?"

西风抬头看时,只见月亮儿正露着半个面孔,在一根梧桐树枝上,向他窥看。她又说道:

"那位少女正在哭泣呢,我们去罢!"

于是西风站了起来,携了月亮儿的手,向那位少女的住处走去。

"呵,呵!这个牢笼!"他们走近少女时,只听得她这样悲叹。"我不能再忍了,西风,西风,来把我吹了去罢!"

西风和月亮儿走到少女的跟前,说道:"姑娘为何这般伤心呀!西风来了呵!"

少女听得西风到了,不觉挥涕欲笑。她向他们两个上下打量了一会,说道:

"听说你们都是从红枫谷中来的,真的吗?"

他们点点头。

那少女又道:"听说红枫谷中十分美丽,十分自由,也是真的吗?"

月亮儿道:"不错,是真的。我们的谷里,冬天有白雪,春天有红花,夏天更是绿树成荫,鲜明圆润。但谷中最可爱的时候,却要算是秋天了。"

西风忍不住插嘴说道:"那秋天的红枫谷呵!秋天如镜,秋花缤纷,山果累累,点缀着幽山旷野。蝴蝶儿,黄叶儿,红叶儿,他们终日蹁跹飞舞……"

那少女便问道:"你们便住在这些地方吗?"

西风指着月亮儿道:"她住的地方叫作桂宫,我住的是一个芙蓉穴,蝴蝶和秋虫儿住的地方叫作蓼花塘,涧水儿的家是在薜荔谷,红叶和黄叶的家在野菊圃。这些地方都是属于红枫谷的,独有那白云是随处翱翔,不拘于一个地方。"

那少女听了,不觉浑身颤动,和触了电气一般,她含泪说道:"啊呀,这就是我的老家呵!我日夜所梦想的,便是这个地方,却不料它就是你们的红枫谷。"于是她便央求他们,把她带回那个谷里去。

西风不忍拒绝她的苦求,只得答应了。月亮儿因为她在下界的责任还不曾完结,只得让西风同了少女先去。

此时西风就对少女说道:"你愿化成像我一样的气质呢,还是愿意保存了你原有的形状,预备重回故乡?"

那少女道:"自然愿化为像你一样的气质,因为除了红枫谷,我还有什么故乡呀!"

于是西风便把那位少女化成和自己一样的气质,携着她的手,慢慢地腾到红枫谷中来。那位久受尘世束缚的少女,此刻忽然化为轻微的气质,不觉乐得手舞足蹈。她深深地吸了一口气,但觉得天高地阔,四无阻碍,飘飘逸逸,如笼鸟还林,涸鱼得水,好不自由。西风也明白少女的情绪,他不禁叹道:"想不到那下界地方,是这样缺乏自由和美丽呵!"

从此以后,那少女便在红枫谷里住下。她终日与谷中的居民嬉戏,真好像回到了自己的老家一样。居民之中,她最喜欢的,除了西风以外,却要算是那枫树上的叶儿了。她觉得他们是秋光的最好代表,凡是秋天的声音颜色,诗情梦境,都很完全地藏在那长不盈寸的小小红叶之中。她有时和他们在空山之中,扑飞赛跑;有时把他们携回卧室,插入瓶中,放入杯里,挂在壁间,藏在床内。她常笑对她的朋友说道:"看呵,这么多的枫叶!我差不多要做这个谷里的王后了!"

她又喜欢在那暮色苍茫,万籁悄寂的时候,独坐在路旁的一块石头上,看苹果一个个地从树上落下,落到那铺满了野菊花的地上去。谷内的松鼠很多,起初他们是很怕她的,但不久也就和她相熟了;他们常常抱着偷来的榛子儿,走到她的面前来,对着她剥食。那块石头的右边,是一条小涧,涧边开着许多木芙蓉,有红的,也有白的;他们常映着那淡弱的夕阳,在水中荡漾。那少女置身在这样丰盛清丽的秋色之中,常常忘了时刻;直待到那涧水里的芙蓉影子,渐渐成为模糊一团,星光渐渐在水面上闪烁起来,她才恍然于夜色已深,只得快快地回家睡觉。

西风自从经过了这一件事,也由一个厌世者变为一个悯世者了。他见那少女在谷中那样快乐,不觉被她感动得几乎下泪。他此时才明白,他自己是怎样的一个自由使者,怎样的一个幸福的贡献者了。他知道下界的人民,是十分需要他的帮助的,于是他便年年到下界去一次,给他们带一点自由和美感去。有时他遇着了深厌尘世的人,他便径把他们带到红枫谷里来,叫他们去过和那少女一样的美丽生活。

这是为什么每年到了秋天,西风便来拜访我们的原因,因为在不曾遇到那位要求自由的少女以前,他是不常到我们这个下界来的。

1924 年 9 月

湖南的风

◎谢冰莹

是一个狂风暴雨的午后,我乘山手线的电车,来到了目黑。用电话约好了的冈崎君,他已经在车站的月台上等着了。这样的雨天,为了找房子而害得朋友来车站等候,实在有点过意不去。但昨天明明是晴天,谁知道仅仅隔了一夜,老天就变得如此可恶呢!

我一面说着对不住他的话,一面走出了木屐声嘈杂的车站。冈崎君告诉我,今天因为雨太大不能去看房子,现在暂且到武田君家商量好了房子的地点再说。

这两句话不啻在我的背上泼了一盆冷水似的全身打了个冷战!因为有个病在医院的女朋友荔子想要和我们住在一块,明天就出院,房子是非在今天找好不可的。然而做向导的人不愿意,而自己又路径不熟,有什么办法实现自己的希望呢?

衣服全被雨打湿了;开了口的皮鞋,也像破船一般开始咕啾咕啾地流进水来,于是一双脚都被淹了。

五分钱的公共汽车,又把我送到了武田君的家里。

不久,竹内样也来了,于是我们四个人开了一个会议。房子的地点和其他条件,大致都规定好了,但为了要有树木和"窗户向南"这两个条件,谁都说太难了,恐怕找不到这样如意的房子。

"为什么一定要窗户向南?"他们问我。

"无论是夏天或冬天,南风总是好的。"

这是我简单的、直截了当的回答。

"那么是要湖南的风呢,还是福建的风?"

我知道他们是在开玩笑了,因为特是福建的,所以他们这样问。

"既然是南风,当然是从湖南吹来的。"

他们听了我似滑稽而非滑稽的答复后,都笑起来了。

"那么,你有'乡愁'吗?"冈崎君问。

"没有,我是以四海为家的,从来不知'乡愁'是什么。"

说了这句话后,不知怎的,大家都静默了几分钟。我对着火钵里熊熊燃着的炭火,不觉在心底反问了自己一声:"真的你没有乡愁吗?"

呵,湖南的风,多么富有诗意的句子。

坐在漫漫的电车上,我想起了湖南的风。

呵,湖南的风,是那样地温和,那样地吹得令人陶醉。

去年的春天,我过着不能以文字形容的幸福日子。几乎每天都是这样,当特夹着书包从学校回来后,我总要求他同我去郊外散步,他和我做的工作虽然不是一样(他整天拿着粉笔教书,我整天拿钢笔写文章),但疲劳是同样感到的。况且他为了采集标本,更高兴跑到野外去。

迎着温暖的南风,拖着疲倦的脚步,慢慢地边谈边走地不觉来到了绿树苍然的山坡。在那儿,有雄壮的松涛,有小鸟的歌唱,有翩翩飞舞的蝴蝶,有沁人心脾的花香,在绿茵的青毯上,我总喜欢坐下来静静地听松涛,看流云。但特却和我相反,他需要动。当我正看着一只美丽的粉蝶,在和花儿接吻时,他却用捕虫网捞来放在置有氰酸钾的玻璃瓶里了。最初我对于这种行为,未免有点感到不忍。后来看了特回来将这些为科学而牺牲了性命的可怜虫制成标本后,觉得它们死后的躯体比生时还要美丽,可爱,值得爱惜。于是后来,我也慢慢地帮助他捞鱼虾,捕蛾蝶;为了科学的缘故,竟把二十余年来的"人道主义"、"慈悲心肠"改变了,这最大的原因,不能不归到爱的上面。

走到野外,我才恢复了本来面目,恢复了儿时的天真。我长啸,我高歌,时而躺在草上,看流云变幻,听蛙鼓催春,时而临风乱舞,低低地吟着:

> 春归何处?
> 寂寞无行路。
> 若有人知春去处,
> 唤取归来同住。
>
> 春无踪迹谁知,
> 除非问取黄鹂。
> 百啭无人能解,
> 因风吹过蔷薇。

其实那时并不是春已归去,我只是喜欢念这首词而已。

我采的野花,有时比特捉的蝴蝶还多。经过菜园时,总要买两把青菜带回去。当黄昏的暮霭罩上了归路,我们从大街上并肩着,微笑着走回家时,不知曾经惹过几多少男少女的羡慕,孩子们的欢呼。(他们见了我们手里的花和蝴蝶,总是这样大声叫着："咧！来看，快来看，他们捉了这多蝴蝶，还有花！"）

　　更值得我回忆的是放风筝。

　　从书房兼寝室的窗口望过去，是妙高峰通天心阁的环城马路。这在以前是筑有城墙的地方。每天下午学校下了课后，一队队的男孩女孩，每人手里拿着各种各样的风筝争先恐后地跑上山坡或者马路上去比赛，看谁比谁放得高。

　　有时写文章写得疲倦了，偶然站起身来伸伸腰，不意猛然地孩子们手里牵着的，像蚕丝那么细的绳子，和翱翔在半空中的，像蜻蜓一般的纸鸢映进眼睛，我羡慕得几乎要流下泪来。想到自己如今快到中年了，还没有尝过放风筝的滋味。和他们那么大的年纪，我正是被母亲用二丈多的蓝布缠着我两只脚，开始过痛苦生活的时候。小时候，除了用泥巴做菩萨，用篾刀在地下挖地洞煮"灰饭"吃以外，住在偏僻乡村的我，简直连风筝这名字都没有听说过。

　　"英，你高兴放风筝不？我们也去买一个来放吧。"

　　有一天太阳正照着我发热的时候，我这样用试探的口吻问三嫂，她是个年龄比我小两岁的大孩子。

　　"我根本就没有放过风筝，自然很高兴来一下，我早就想邀你去买了，唯恐你笑我太小孩子气，所以一直到今天还没有说出来。"

　　听了她高兴的说话，内心里感到轻微的悲哀。

　　—— 一个所谓成年人是这般可怜的吗？连放风筝的自由都没有。

　　丝毫也不踌躇地，我俩即刻去买了一个二十四个铜板一

个的风筝来。(因为在小巷子的铺子里,只有这样的便宜货。)为了怕特和三哥回来找不着钥匙开门,于是写了一个纸条贴在门上:

"要找我们,请到晒台上去。"

英拿着风筝,我拿着绳子,两个人边笑边跳地跑上了妙高峰的小山坡。有些女人男人见了我们,总是不约而同地用讥笑的眼光凝视着,谈着。我们在这一刹那间,似乎自己变成了孩子,完全忘记了是大人,没有半点感到羞耻和不安的表情,只是天真地笑着,在暖和的阳光下快步地跑着。

把我们自己用粉红色的纸做成的尾巴系上去后,就开始解下绳子放起来。

不知怎的,风筝老是放不上去,有时根本放不上去;有时放上去了,在半空中打了两个斤斗又掉了下来,我总怪风不好,所以没有法子驾驶风筝。但别的孩子们为什么一个个都是放得很高呢?而且一点困难也没有。

孩子们都望着我们微笑,但我们仍然不感到害羞,反倒诚恳地,谦虚地向他们中一位比较放得好的孩子请教。

"我们老是放不上去,请你告诉我吧。"

那孩子走近来,拿起我们的风筝一看,没有说话,就哈哈地笑了几声。

"你们把绳子系在风筝的背上,难怪它放不上去。"

旁边看热闹的孩子们,也都笑得在草地上打滚,这时我的脸上羞得发烧,而英也脸红红地低下头来了。

我们是一对可怜虫,生在二十世纪时代,却在乡间过着十八世纪的生活。一切城市中的孩子们的玩具、教育,以及一切的物质享受,我们在那时是连梦都没有梦见过的。

湖南的风

风

那孩子替我们弄好以后,我开始照着他们的方法实行起来,果然风筝像轻燕似的飞上去了。

"绳子要紧紧地抓在手里,慢慢地松,不要松得太快,不要松得太多,要先将绳子向自己身边一拉一拉的,然后才慢慢地松过去。"

那孩子,不,应该说我们的老师,他又教给我们上面那一段驾驶风筝的方法,自然我们是有说不尽的感激藏在心头的。

特回来跑上晒台一看,没有看见人,只远远地发现在妙高峰的山坡上,有一对似乎像我们的影子,但他不相信我们会真的去放风筝。恰好那时三哥也下课回来了,于是他俩一同来找我们。

三哥远远地就大声地叫起来:"冈猛子(我的名字)不怕害羞,这大的人放风筝。"特也用手指在脸上画着,我和英假装没有看见他们一般,只管拼命地松绳子。因为顺风的缘故,风筝竟达到了与云接界的地方,最后只看到一点黑影在天顶上浮动,孩子们都一齐叫着:"好!好!好!"

这是我们风筝技术的成功,我和英相视一笑,这笑里含着无限的快乐和骄傲。

一直到黄昏遮住了视线,四个人才被袅袅的晚风吹回家来。

呵,湖南的风,是那样地温和,那样地吹得令人陶醉。

急风

◎丽尼

外面,急风吹着横雨,中间还杂着雪粒,滴滴地敲到破了玻璃的窗门上;浪和潮在岩头碰击,增加着烦躁和抑郁。孤立的房屋是阴森而且黑暗,原来只是发着惨黄微光的油灯竟也闪不出一丝光亮地熄灭了。我蹲在屋隅,把头埋在手里,努力把眼睛闭紧,好像生怕眼睛一睁开来就会有无数的鬼影突然出现在眼前似的。

我厌恶这些鬼影。我厌恶它们。

日子,真不晓得是怎么过去的。这一天又一天,只是如同无穷尽的折磨。我厌恶这生活。我厌恶这么每天躲在屋子里,耗子似的蜷伏,并且正如败家的耗子一样,只是每日狠命地吸吮着而且咀嚼着自己的思想,当作生命的粮食。我抱紧我的头,我想象着,如果我真能有那么一天,从这孤立而阴暗的屋子走了出去,那么——

啊,无际的天,汹涌的海!

我打着哆嗦,夜晚有些寒冷了,我把冰冷的手互相搓揉,使它们能够发出一些暖热,我用手探索着我的全身,好像一个准备站立起来却又感觉乏力而且衰弱的病人一样。

我不是太衰弱了吗?摸抚着我的无力而僵硬的膝盖,我几乎不自主地打了寒战。

在面前的,是眼睛所不能看透的阴暗。我向那阴暗注视着。我的注视是那样长久,使我的眼睛几乎昏迷。我注视着,注视着——

黑暗,黑暗,无穷尽的黑暗!

"黑暗以外呢?黑暗以外是什么?"我轻声自语着,"倘若在那里能有一个空隙,我就要从那里穿越过去。……啊,无际的天,汹涌的海!"

急风呼啸了,窗门开了,雨点和着雪粒无情地从窗外拥了进来;房门也开了,似乎有人蹑蹑地如同一个影子从海的那边飘进了我的房间。

我惊恐了,急促地问道:"谁?"

"我,兄弟。"

声音是熟识的,是那样沉重,如同钟鸣。我听过这声音,但是我记不起来这是谁。

"兄弟,你忘记我了。"

猛然,我记了起来,这是一个兄弟,这是我思念着的一个兄弟。

"不,不,"我辩解着,如同遇见了亲人,"我记得你。我时常想念你。你从什么地方来?"

"从有风暴的地方来。"

"从海那边来的?"我呼叫着,"海那边!海那边!"

"是,兄弟!你还在这里?你还把自己锁在这里?"

"我?"我惶恐地回答,"是的,我还在这里。但是,我厌恶这样,我厌恶。这生活是无穷尽的折磨。"

他摸抚着我,用一双火热的、湿淋淋的手。我想看一看他的脸面,但是,在黑暗里我看不见他。

"那么——"

"我厌恶,我深深地厌恶!"

他握紧我的手,握得那么紧,使我几乎战栗。好像有雨点飘到了我的脸上,那好像是一滴鲜血,使我闻见了血腥的气味。

"那么,随我去! 海那边去,有风暴的地方去!"

"去?"一阵风拥了进来,使我不自主地退缩了一步。

"是的,去!"他叫着,不顾我的退缩,"不要再留在这里! 你瞧,你枯了,你瘦了,你把自己吸吮干了! 唉唉,你的手! 你的手这样冷! 你怎么样了? 你是这样枯瘦,这样软弱,你没有变得强壮一点! 你哆嗦。你冷? 你厌恶这里? 你要走? 你想从这阴森和黑暗里走了出去? 你想离开这孤立的悬岩? 那么,去! 兄弟,你听,风在叫! 外面是浪,是潮! 去! 去到那浪潮里面去! 这悬岩会崩的,这屋子会倒的,你会跌倒得爬也爬不起来!"

我倾听着那浪和潮如同奔马一样的吼啸。我战栗了。我颓然倒下,微微叹息了。

"等一等,我太软弱。"我的声喃喃着,急急抽回我的手,掩面哭泣了。

"是的,太软弱,我们全太软弱,"他同情地说,"但是,日子不是白白过去的。你摸我的手,这上面满是淋淋的血。一个巨浪把我和别的人打开了,将我撞到岩上去,我还来不及凝神看一看,来不及去攀一攀岩石,可是,又一个巨浪打了过去,我的手在岩上刺破了,我的头——你摸摸我的头。"

风在叫着,岩石在震颤。我恐怖地伸出了我的颤抖的手,摸抚了他的头和全身。他也伸出湿热的手来，把我的手紧握着。

"日子会把我们锻炼得强健起来的，你可知道？你不相信吗？你只是颤抖？你颤着抖着就过完了这么许多日子吗？——咦，为什么又把你的手缩了回去？你又要用自己的手把自己锁住吗？你要回到你那墙角去？你不要出去了吗？海那边，海那边，风暴里面！你惧怕？你胆怯？你舍不得你那阴暗的墙角？那么，你为什么厌恶？你厌恶什么？——你哭吗？唉唉，我知道，我全知道。我见过了！你哭吧，你厌恶吧，你咒骂吧！你自己吸吮自己，自己咀嚼自己，也自己埋葬自己吧！"

他抽了一口气。我忍住哭泣，回到角隅里去了。

"你等着吧，"他叫着，"我去了。我知道你，我知道你们这一群！"

如同电的一闪，他飞也似的出去了——在那最后的光明的一闪里，我认清了他。是的，那是一个兄弟，我认识许久了而且时时思念着的一个兄弟。我认识他。然而，他是去得远了。

外面，是急风和横雨，杂着雪粒。浪和潮碰击着岩石，在大的风暴里面。

我两手冰冷地抱住我的头，咬紧着牙齿，凝望着前面——那是黑暗，黑暗，无穷尽的黑暗！

1935 年 12 月

风夜

◎南星

　　初夜过了，我的窗纸忽然颤动起来。声音很细弱，那是我极其喜欢听的，因为正像有人在我的耳边吹着苇笛，而且它还有另一种神秘的意味，也许是夜间太寂静了，一时有了声音，我听来似乎觉得舒畅。但后来风变大了，窗纸也像是禁不住而不停地乱响。我没有想到，我还以为今夜会与昨夜一样地过去的。我听着，从各处来的风都聚在这儿了。于是，更锣声也隐约起来，被吹得忽远忽近。院里有时听见一种不常有的响动，不知道什么被吹倒或者由高处被吹到地上了。

　　风夜总不如雨夜之令人动感，况且这几乎是狂风。如若外面有一种潇潇的声音代替了呼呼的乱响，我必会特别安静地坐在桌旁，倾耳而听，心里生出许多旧日的影子。现在呢，我觉得茫然罢了。当我听着风更大了时，我到火炉旁去审视了一会，看有没有焰苗冒出来。因为风给我带来了寒冷的消息。我已经为明天的早晨有一些忧虑，我想，明天一定是一个结冰的日子，天亮后我或者仍然蜷缩在被里，不敢起来，希望太阳能早照到我的窗上。其实，如若今夜落了雪呢，但听不见落雪的声音，大约也就无从有雪意了。

　　从前我曾经过许多风夜，但最近的也像已过去许久。这恐怕是今年冬季的第一个风夜吧。我记得前几年的某一个夜里，起了风，那声音让我怀想着我心上的人，于是我在摇动的灯光下写诗，写了许多行。是的，按我的感觉说，风夜是易于怀人的，不过现在没有人可想而已。风声只让我对自己更关心。北边的屋窗上有三个坏了的地方，那是前天我的小猫想抓窗上的麻雀，我没有禁止它，它抓破的。我没有管它们，想着窗上有几个裂缝也不要紧。但现在风竟锐利地由那儿钻进来，而且会把我屋里的热气带到外面去。我不能再留着它们。我找出了一片纸，谨慎地裁开，然后抹好了糨糊，慢慢地贴在窗上。在我写这几行以前，我的工作已经完成了。它们很禁得住风吹，我觉得今夜我会安然地过去。

另外我有一种恐怖的感觉，也是由刮风引起来的。不久以前，我听见屋外的门吱吱地响，正像有人轻轻地推它，而且那声音延长了好久。我知道门响的原因，但我仍觉得害怕，不敢出去把那两扇门关上，似乎门后面的黑影里会有什么东西伏着的。我铺好了被褥，又把灯移到床边。风声必不会搅扰我的安睡。只愿深夜里不要醒来，再听见那吱吱的门响吧。

1934 年 8 月

五月风

——在街上

◎陈建华

　　啊,春风,五月的春风,你终于吹来了吗?这阴郁的城市,展开了柳树的愁眉,拭干了屋檐上梅雨时节的泪痕,苍白的脸庞染上苹果色的阳光了。而假日里的人们,都以挽手和微笑,和路旁梧桐树的嫩叶的小手一起,在招呼你的来临呢!

　　然而我的心里为什么总有排遣不去的忧郁?在那些令人烦闷的梅雨日里,我似乎更甚地沉溺于我的梦幻了;像一个酒徒巴望永久地沉醉在酒坛里,我愿意在早晨半寐的恍惚中消磨了我的一生。但街上频传的车声与楼里的人声,把这个胆怯的朋友从我的怀抱里驱走,将我堕入汽油味与尘灰的雾中。我的泪水是多么悲悼那逝去的好梦呵,于是我又闭上眼,想起我曾住过的乡间和在那里一切欢愉的细节。

　　你知道不?在二十岁男子眼中的世界,有什么更引诱人的事物,能像露水滴在花上一样,无端地闯入我们的梦中?还不是女子?一个心目中完美的女子?昨夜的梦里,我潜入她的房里,说了些什么使她惊惶的话,已经记不清了。我在她的膝上呜咽着,她像安慰一个孩子一样,温抚着我。刚才我不是还看见她站在门口和楼下一个青年男人讲着话吗?她似乎永远是那么安谧和妩媚,我是常听到有关他俩的流言的。在她依稀的皱纹里，似乎刻着一个痛苦的媒妁之言的婚姻。去外地出差的丈夫就要回家了吧？但两人在一起却免不了口角与吵架。很久了，我不明白我的这种不敢正眼看她的情绪；也不明白我为什么会厌恶这个与她要好的男人，他是那样地做作，我简直认为他是个粗鄙的男人。

祝福你，可爱的少女，今天你好像很忧愁，在凝视着什么？顾客在叫唤着买糕饼呢。记得你曾对我嫣然一笑，像递给我的糖果一样甜蜜，我的脸红得多么窘啊。你知道吗？为这一笑，我曾花去多少想象的时光？可是这些你都不会知道，正如我现在不知道你为什么忧愁一样……看这里，三三两两的，她们又在每天差不多的时间里来街上闲逛了。我知道她们会去买蜜饯的，或者小摊上梳子镜子之类的玩意儿，都会引起她们的兴趣以致流连忘返的。虽然剧团里的学规是颇严厉的，然而这些曾使我在舞台下倾倒的女娃们，常常会报之以倾心的青睐的，但于我却不多……这一家时新的理发店，也许是因为几个漂亮的女理发师的缘故吧，招徕了许多顾客。我也是其中的一个吧。当我舒适地坐着，让她们的纤指轻柔地安抚着的时候，我像一只温顺的猫，感到主人宠幸时的快乐与战栗。可惜这不像别的商店，可以时常进去……这里，她来了，一个不多见的典型，像幽谷里飘来的丁香，从我身边倏忽地飘去了，消隐在熙攘的人群里了。我的情绪，像以往在公园的湖面上望着她的小舟没入断岸的时候一样，像有几次在公共汽车上望着她的背影下车去的时候一样，感到无限的惆怅。我多么想追着她去，愿意随她去任何地方，可是我从来没挪动过脚步。

在我的心中，如一只郁郁踯躅在夜巷深处的小猫，它凄厉的求偶的呻吟渐渐旋成一片海的呼喊:我需要爱情! 一个处女,或一个少妇,只要她爱我,不问缘由地爱我。我要她像一头温顺的羊,来伏在我的膝下,分享牧人吹笛的快乐。但当我忿嫉的时候,她愿做一朵不称意的花,毫无悔恨地让我一瓣瓣丢入水中。或者,她是一个横蛮的女人,用一切魅惑男人的手段,像笼圈一样将我拴牢。我甘愿做她的奴隶,伺候她的颜色,听任她的驱使。我愿意为她而死,但求她不要把我当唾沫一样抛弃!

我炎炎的心田渴望一朵天外飘来的云,一个天赐的奇迹,一个戏剧性的机遇。那《聊斋》里的狐女不是常在深夜来到书生的房里吗? 瞧这一对情人,女的似乎已经迷醉在情话里了,而那男人,我从他满足的目光里,似乎听见无情的嘲谑:一个满身长着触须的伪道者,蝙蝠一样的双重人格者,可怜的单恋者! 啊,鸟儿是不喜欢在瘦弱的树枝上做窝的,愿你们永远依偎在情人的怀抱里吧!

五月的风啊,在森林与原野的眼中,你是绿色的,因你吹去了草叶和种子。在农夫的眼中,你是金黄色的,因你吹去了稻麦丰收的憧憬。在情侣的眼中,你是红色的,你给他们送去了嘴唇的蜜吻,送去了玫瑰花瓣的信息。但在我忧郁的眼中,你是青色的,给我带来的是明月的青光;你是粉红色的,因你送来了堕落的桃花片片……

呵,你,我的小玫瑰,你终于迟迟开放在梅雨过后的春光里了;在酥软的五月风中,又很快地成熟了。你低垂着头,在沉思些什么? 你不感到这花店的寂寞吗? 不需要一只知心的蝴蝶来做你的伴侣吗? 在这喧闹而又污秽的城市里,你不想念家乡的森林与蔚蓝的水天吗? 你是否会知道,你将在花瓶

风

的坟墓里孤寂而悲哀地死去,怀着一个没人知晓的梦想? 至于那是谁家的花瓶,你将葬身在何处,我和你,谁能知道呢? 谁能知道呢?

1967 年 6 月

秋风的手

◎周涛

何其美妙的时刻,

何其准确的手!

那是秋风游荡的时刻,

那是秋风的手……

立冬之前,秋风游荡着,匆匆赶往每一棵树,就像是一个摘棉花的农妇,急着去摘掉最后的叶片,仿佛她要是不摘干净,冬天就会埋怨她怠惰。

她是那种手脚利索但是性子有些急躁的农妇,她一点儿也不衰老,相反,她的精力总是显得非常充沛。她应该大约三十岁多一点,还应该是一个北方农妇(河北?),她的手指掠过丛林叶片,叶片纷纷飘落。

这时,大地上的一切成熟事物的芬芳正在天地间浓郁地弥漫着,闻起来像是秋天肉体散发出的气息,正像是那农妇身上的气味。非常健康,非常饱满,夸示着无穷无尽的生育力,但是也含着这位厉害女人的一股凉意。

秋风这个女人啊,有多么好啊。

对每一棵树,她都采取有枣没枣打三竿的北方式做法,泼辣得近乎粗暴;但是对于有些独悬空枝的某些金叶,她却表现出细腻啊,顽皮啊的态度,她有足够的耐心和丰富的感情,手指轻盈极了,似有无限留恋。她轻轻弹拨着那叶片,似乎舍不得让它坠落,但她无意间叹一口气时,叶片落了。

繁华一季,终归于凋谢。

那个美农妇的手指间并不含有一丝伤感,她自己不懂得什么悲凉。一切都是自然的、准确的,一切都恰到好处,包括凋谢和败落,都是至美至善。

一切的一切在于,真正是繁华过了。

此刻,千"金"散尽,夫何如哉!

何其美妙的时刻,

何其准确的手!

那是秋风游荡的时刻,

那是秋风的手……

北风起时

◎书琴

　　她不知什么原因,那烦闷无聊的思潮只是萦迴沸腾着:当那残秋的漫漫的长夜起始,这种的神情,她没有经过,好像恐惧,也好像悲哀。她张大了眼,往四面用力地看,在她想,或可找到些物事能引起她的注意,这样,可使思潮平静些。可是,这是无用的,因她双目所能及的,无非是黑暗的,迷茫的,得不到一切的真相;她只能听到萧萧的落叶的感叹,呜咽的秋虫的呻吟,更有那远远的模糊的人的号泣,可以说是一切不幸者的呼声,给她那烦乱的心海增添上许多奇异的波纹。

　　"唉!怎能使这心潮得到些平静的安慰呢?就是一刻也好,一秒也好。"她这样祝告。

　　"睡罢!只有睡罢!"似乎有人这样回答。

　　"啪……啪……"

　　这种声音送到她的迷惘的耳中,她顿时生了神秘的思想:

　　"啊!谁敲我门呢?皎洁的明亮的月姊的拜访吗?为什么这样地冷酷无情呢?东离黄菊的告别吗?不会这样地匆忙罢!"

　　但是紧接着一阵阵紧急而严厉的声响,振动窗棂簌簌地作声。

　　"谁呢?……"

"北风啊！冬的使者啊！我是。和平幽洁的秋神已去任了，我便是他的瓜代者。"

……这个回答，使她心中战悸到极点，寒冷到极点了；因为她知道这不是好的预兆，对于那自然的、美的、温和的世界，冬的使者，便是破坏的魔王，他将肆他的淫威，行他的惨虐，对于那些不幸的弱者的朋友们。

"可是没一个欢迎你的呢！……"她颤抖着发出这似乎表示反抗的微细的声音。

北风狡猾地可憎地破着喉咙大声笑了。

"是的，没有一个欢迎我的人，但是，你看那葱茏蓊郁的树木，活泼鲜艳的花草，虽然他们是十二分不欢迎我，但他们处在我的势力之下，没有不俯首做我的俘虏的。便是那贫苦的人们诅咒着我，可是他们有什么法子能抵抗我呢？一切的暴力，在不使人欢迎，而使人畏惧。"

他得意地说完，便耀武扬威地猖狂起来；酷烈的冷气，冻得她四肢僵冷，她的心，更早冷得不自知了。

隐约的晨鸡的弱声，惊醒了她的噩梦，她的梦醒了，可是北风仍在狂吼着围困了她僵冷着的身心。

和台风搏斗的一夜

◎周瘦鹃

一九五六年七月下旬,虽然一连几天,南京和上海的气象台一再警告十二级的台风快要袭来了,无线电的广播也天天在那里大声疾呼,叫大家赶快预防,而我却麻痹大意,置之不理。大概想到古人只说"绸缪未雨",并没有"绸缪未风"这句话,所以只到园子里溜达了一下,单单把一盆遇风即倒的老干黑松从木板上移了下来,请它在野草地上屈居一下;而我那几间平屋,一座书楼,倒像是两国战争时期不设防的城市,一些儿防备都没有。

八月二日的下午,台风的先头部队已经降临苏州,我却披襟当风,心安理得,自管在书楼上给上海文化出版社继续写一部《盆栽趣味》,一面还听着无线电中的音乐,连虎啸狮吼般的风声也充耳不闻。哪里料到《盆栽趣味》没有写完,这一夜就饱尝了苦于黄连的台风滋味呢。

入夏以来,我是夜夜独个儿睡在那座书楼上的,前年五月,儿女们为了庆祝我的六十岁生日,在东厢凤来仪室的上面,起建了一座小小书楼,名为"花延年阁";这原是我十余年来的愿望,总算如愿以偿了。这书楼四面脱空,一无依傍,倒像是个遗世独立的高士,而这夜可就做了台风袭击的中心。大约在十一点钟的时候,台风的来势已很猛烈,东北两面的玻璃窗,被刮得格格地响着,加上园子里树木特多,被风刮得分外地响;我听了有些害怕,便抱着枕头和薄被,回到楼下卧室里来。

正在迷迷糊糊快要入睡的当儿,猛听得楼上豁琅琅一片响声,我大吃一惊,立时喊一声"哎哟",从床上跳了下来,趿着拖鞋,忙不迭和妻赶上楼去;却见北面那扇可以远望双塔的冰梅片格子的红木大方窗,已被击破,玻璃落地粉碎,连窗下那座十景矮橱顶上一尊乾隆佛山窑的"汉钟离醉酒"造像也带倒了。这是我心爱的东西,急忙拾起来察看,还好,并没有碎。此外打碎了一只粉彩凤穿牡丹的瓷胆瓶,和一个浮雕螭虎龙的白端石小瓶,这损失不算大,台风伯伯还是讲交情的。

回到了楼下,又回到了床上,听那风刮得更响了,我想怎样可以入睡呢?没有办法,只得向妻要了两团棉花,塞在两个耳朵里,风声果然低下去了。歇了一会,妻还是不放心,重又上楼去看看,我却自管高枕而卧,不料一霎时间,我那塞着棉花团的耳朵里,仿佛听得妻的惊呼之声。我料知"东窗事发",不由得胆战心惊,霍地跳起身来,飞奔上楼,只见妻呆立在那里,而靠北的一扇东窗,不知怎样飞去了,我的心立刻向下一沉,想窗兄做了这"绿珠坠楼"的表演,定然要粉身碎骨的了。那时狂风挟着雨片,疾卷而入,连西窗下安放着的书桌也打湿了,桌上的所谓"文房四宝"和小摆设之类,都湿淋淋地变成了落汤鸡。我不知哪里来的勇气,竟像当年洪水决堤时将身抵住缺口的英雄们一样,随手拖了一条席子和一张吹落下来的窗帘,双臂像左右开弓似的,用力遮着窗口;可是没有用,身上的衣裤都给打湿了。风雨还是猛扑着,几乎把我扑倒,而一口气也几乎透不过来。

妻赶下楼去报警呼援，于是整个屋子的人，都赶上来了，掮来了一扇板门，替我抵住了窗口，大家手忙脚乱地去找铁榔头，找长钉子，把那板门牢牢钉住在上下的窗槛上，总算又把台风伯伯挡住了驾。

可是台风见我们有困难，也有办法，当然不甘心默尔而息，更以全力进攻。正在提心吊胆的当儿，只听得格的一声，靠南的一扇东窗又不翼而飞了。我喊一声"天哪！"没命地扑向前去，扯起窗帘来抵住窗口，和无情的风雨再作搏斗。好不容易到园子里找到了那扇飞去的窗，回上来放在原处，又把长钉上下钉住了，总算又把台风伯伯挡住了驾。

天快要亮了，我们五个人通力合作，做好了这些起码的防御工事，筋疲力尽地退回后方休息，而这座明窗净几的书楼，早已变了个样，仿佛变做了王宝钏苦守十八年的寒窑。楼外的台风伯伯似乎向我冷笑道："你还要麻痹么？你还要大意么？这回子才叫你晓得咱老子的厉害！"我只得苦笑着道："台风伯伯，我小子这才领教了！"

風

台风

◎ 蒋勋

　　暴雨过后,岛屿的天有一种清明的蓝色,非常透明,映衬着轮廓鲜明的山脉。因为海洋的反光,岛屿的光线是非常复杂而且多变的。好像在岛屿的四周镶嵌了许许多多面镜子,海洋的透明的光,也从四面八方映照着岛屿的山水、建筑和人。

　　云在经过岛屿的时候,会有特别眷恋不舍的姿态,拖得很长,一丝一丝,在湛蓝的底色上的白云,以一种仿佛舞蹈的速度,慢慢经过这个其实一不小心就会忽略的岛屿。

　　夏季的时候,镜子的反光是特别强烈的,岛屿的四处,都是明晃晃的,闪烁着不安定的光。光的游移,使人的视觉有一种恍惚,有一种介于华丽与幻灭之间的印象,有一种瞬间即逝的虚幻,但是,记忆犹新,仿佛是一个浮在空中逐渐消失的岛屿。

　　伊卡有时候和他偶然相识的狗坐在高高的堤上看傍晚黄昏的云。年老的人可以从晚云的色彩预兆台风的来临。这个海洋中的岛屿,长期以来养成了对风暴的恐惧。因此,自然中许多征兆都是与台风有关的,诸如草茎的变化、云的色彩、夜间的月晕……

　　"云的边缘,有淡淡的血色,你看——"老人很耐心地指给伊卡看西天上绚烂的晚云。伊卡其实不很分得清"血色"和"红色"的差异。他茫然地看看狗,狗却若无其事地转开了头。

关于台风来临的征兆,对伊卡而言,没有那么值得重视,也许是因为他不曾拥有土地、土地上的建筑、建筑中的家人和财物吧。伊卡想:台风究竟会使人有什么损失呢?

童年的时候,当台风来临,伊卡便和他的友伴雀跃起来。他们立刻奔进狂风暴雨的溪流中去,从高高的岩石纵跃入海。他们泅泳潜水,在急湍的旋涡中欢呼。

"台风会使人有什么损失呢?"

伊卡看着眉头深锁的忧伤的老人。他终于想起,一次剧烈的台风,曾经吹走了故乡河口整片沙滩地的西瓜。

"你种西瓜吗?"伊卡觉得可以分担老人的忧虑了。

但是老人摇摇头,一语不发地仍旧细细观察着晚云的颜色。

少年们是特别兴奋的。他们泅泳在许多漂浮在水面上的西瓜之间。西瓜有些还连着葛蔓,比较容易抓提。聪敏的少年便一手提着七八个西瓜,在急流中慢慢泅泳靠岸,在西瓜被拉到岸上时,少年便像捕获了大鱼的渔人一样,被人簇拥抬起,受到如英雄般的欢呼。

但是,大部分的少年是和西瓜一起在水中浮沉,风浪太大,西瓜在水中翻滚漂浮不定,若是连根蒂也吹断了,一个浑圆的西瓜,是很难拿在手中的。伊卡记得,许多少年便仿佛玩乐一般,努力骑到比较大的西瓜上,又立刻翻倒,可以在整个台风的季节,渴望着再有一次西瓜田泛滥的盛况。

据说,那西瓜田是北部都会一个诗人最后的家产,伊卡他们便惶惶然打听了诗人的下落。在杳无音信之后,这一群少年都有一点怅然,各自整理了行李,准备到都市中去就读或打工。

　　"台风在这个特别炎热的夏天是一定会来的。"老人有点沮丧的五官皱缩在一起,使伊卡也有一点难过,但是堤上的狗不以为然地摇摇头,伊卡便勇气百倍地站起来,拍拍老人的肩膀说:"有人从大风大浪中拉起这么一长串西瓜呢!"伊卡用手比画着,他决定告别老人,他决定在可怕的灾难来临之前,好好去跑一次五千米。伊卡便呼啸了一声,向堤的一端跑去,黑狗也迅速跟上,晚云的红色已渐渐黯淡下去了。

等待台风

◎王小妮

　　搬起一只最宽阔、最稳固的椅子,坐到落地窗前。我坐在这里郑重地等待台风。

　　现在,所有的树梢,还都在文弱地摆动。台风在海面上聚集生成的消息,树木还不知道,近海也不知道,是卫星云图先知道了。

　　电视台不断地在提醒人们:一场大的台风就要登陆。

　　现在,全城的孩子们都在归家的路上。还在没有一丝风的时候,台风警报就把他们从笼中解救回家。

　　今天,我任何事情都不做,我要全心全意等待台风。

　　这么急切的人,不止我一个。有一个在公司里做事的人,不断地打来电话,她说香港已经挂"三号风球"了,两小时后,可能要挂"八号风球"。我知道,香港人看到八号风球,会立刻放下手里的事情,马上收工。这是法律。

　　打电话的人这么关心台风,她是想马上下班回家。在台风凌乱的背景下,人和公司就像风雨飘摇着的剧场和舞台,什么戏也演不下去。

　　台风,因为被人期待,而更加傲慢。过了一小时,树枝刚刚摇动。

　　那个人又打电话来,说大楼里已经停电,全楼昏黑,电梯里卡住了十几个人，附近的楼全都是黑的。所有的坏消息，都让她兴奋。才一分钟她又打电话来，说市里的三防指挥部，已经通知广告公司迅速拆掉街上的广告牌。她已经获准可以回家了。

电视机是开着的。她电话里说的一切我都知道，但是我喜欢被她带来的那种焦灼渴望的气氛一再打动，好像战争将至，照明弹已经亮在天上，好像冰冷的刀架在脖颈。她在风雨满楼之前叫着，从心里喜欢那刀。

如果谁一生都没干过宏伟大业，一直在丝丝入扣的线头儿里偷生，那么，他就应该等待台风。迎着卫星云图，迎着海和树的尖梢儿，迎着台风动身前的响动，去翘首盼望它。

擦城而过的台风，不算台风，只是带来雨和温吞的风力。要等待台风，就要等待那种迎头而上，正面登陆的！如果我有直升机，我将使它永远迎着正面的云团之核去飞。

我将永远寻衅。

一个人只能撼动一棵中型以下的树，而台风可能撼动平原和山野，折断无数的树，迫使它们呼啸、舞蹈和死。它强横地追逐着陆地，像一个绝对真理。它摧毁阻拦它的一切。

在黑龙江边的中俄边境上，登上中方七层楼高的观测哨卡，我看到了一个哨兵把脸贴在高倍望远镜上，注视着对岸。《观察日记》里，近乎无聊地记着琐事：俄方一辆车几点几分驶向哪里，几个士兵什么时候抬什么东西走过……我想起一九六九年，两个大国在边界上发生对抗，由于一些渔船被损，由于破坏了巡逻边线。

如果不是人，而是风，是一阵莫名的台风在边界上君临，再强盛的大国，对它造成的破坏也无力谴责，无力抵抗。人，对台风毫不敢有怨言。没有任何人类法庭妄想过控告台风。

台风来了，树仆倒在泥水里，大楼一团模糊，这是真正的好。谁也不要正襟危坐，在台风里谁也逃不脱挣扎和困苦。每一个人都坐立不安。门和窗发出了它们最脆裂的声响。玻璃的破碎比爆竹还动听。在台风里，人是热情奔放的。

在台风来到之前，我想到我在中学里经历过的一场火。我站在窗口，三十米以外，烟和风酝酿着，在一排教室里漆黑滚滚。是我第一个看见火。我听见我喊：失火了，失火了！红的火苗，从烟囱里蹿起来。我立刻迎着它奔跑。和火场之间，有一块土豆田，平时要由红卫兵来把守，不许任何人践踏穿行。但是，火给予了我特权。我毫不犹豫地从土豆地的青苗上踩过去。那些带着水分的急脆响声，使我奇怪地高兴。好像我一直是期待着这火。我就迎着火跑，仿佛它是一个很热的怀抱。

那场火烧掉了半所学校。我因为参与了救火，得到表扬。但是谁也不知道，我在心里多喜欢那场火。

火和风的不可知，使生活出现了趣味。

风和火都是生物，它推动着你，让一切死气沉沉的东西苏醒、投入，直到猖狂。火和风用它的灵机一动，游戏着城市全部的水泥柱脚。

有两个人告诉我，他们在台风最猛烈的时候，骑车出去看它。行走不到一千米，车轮全淹在水里，雨衣全被吹得褴褛不堪。他们把车锁在一棵横倒在快车道的大树上，继续在风雨里走。他们免费乘坐了军人的救生艇，在曾经是汽车如织的大街上开过，又用三十元搭坐了一辆三轮车。他们在风里唱歌，其实只是互相见到对方的嘴在蠕动。

风

　　台风是真正的狂欢节,比法定的巴西狂欢节更令人超出意外地兴奋。遭遇着台风,还面目麻木如常的人,真是非人。我欣赏每一个为台风激动的生命体。

　　云低、气闷,连蚊帐都一丝不动的晚上,我常常在客厅里走。我对着空旷说,是台风要来了吧。有很多电影都表现了人的愤怒,他们摔碎长颈酒杯,折断铅笔,把手撞在墙上。这只是小的愤怒。一九九五年的第九号台风,按西方的习惯,香港人为她安了一个好听的女性的名字。就是这个好听的名字,在广东的汕尾登陆,造成死亡二十多人,直接损失二十多亿。

　　是什么使天空积蓄了这么大的愤恨?是什么使高在我们之上的天空,冲下来惩罚人类?去年的男性台风罗士,在湛江登陆,损失达到五十亿,有五十八人失去了生命。

　　在静闷的南方之尾,闷不可支、气不可支时,我总是想到痛快淋漓的台风。

　　地震、海啸和火山爆发之前,蛇、蛙、蚂蚁都是有知觉的,唯独人没有预感。世界凡是遭遇不祥之前,如战争、烈火、瘟疫,它们在出场之前也一定发出过先兆。人什么也不能觉察。人不是一种非常平庸的动物吗?

　　我不能参加漂流、跳涧,无法参与南北极探险。我每天只是从厨房走向洗衣机,连写字的这纸都参差不齐。这样的人对灾难,肯定有着动物般的期待,像过着无边沉闷日子的草,不明原因地期待山火。

1995.9

台风前后

◎丹扉

　　提起台风,我虽害怕,却未达谈虎色变的程度,家住中南部安全地带,以往多次风灾水灾俱未让我尝到苦头,所以对它并不怎么在乎。

　　比较起来,我是较为害怕地震的,因为它使人立足的根基发生动摇,再想起电影上所看到陆沉或地层裂陷的镜头,确有世界末日一般的恐怖。为此每逢地震得厉害时,我就下意识生怕房屋塌下来一命呜呼,平日孔曰成仁孟曰取义的慷慨精神一股脑儿不知去了哪里。

　　这次艾尔西台风之来,事先我未曾特意防患(也不知从何防起),家中门窗平时都是情况良好,风来时关上也就是了。因此那天午后"山雨欲来风满楼"之时,由于气候转凉变爽,我反而好整以暇地在床上昏昏欲眠,却在睡眼蒙眬中瞥见窗外的电视天线竿突然随风折倒,瘫在后邻的屋脊上。一来我怕邻居看到说闲话,二来心料台风之夜,户外风雨必使室内倍形寂寥,天天据作娱乐的电视,一旦不能欣赏未免使吾家顿似"文化沙漠",太不习惯。遂摒脱睡意翻身起来,想趁着艾尔西尚未正式莅临之前,抢先找电器工人前来换修。

　　尽管外面已经渐呈风雨,我自恃曾有多次在风雨中骑车的经验,不当回事。从前在女光棍时代,有一次台风之夜就不甘寂寞,独自骑脚踏车老远去朋友家打"百分",然后在半夜四更(比三更晚些)又独个骑车回宿舍(若留住别人家,早晨睡不舒服也不便迟起),来去勇猛,了无惧意,此青春之可贵可念也。

不过这个艾尔西,我倒真小看了她,一骑车出门才意识到有些不同凡响。因为上得车后,忽觉自己仿佛由"杨玉环"变成了"赵飞燕",此乃我骑车二十余载前所未有的现象。刚骑了几步又被巷边墙头受风力低压的几根长枝丫钩住头发,我的头发本来已经够少了,平日梳洗俱是小心翼翼,不想这一下竟被钩去一把,实在心痛。不过也暗庆幸亏只是头发被钩,假设那种带着小尖刺的枝条再低一点划到我的眼睛,万一受伤成盲,则我这把年纪,将来就是改行去做按摩女也是不吃香的了。

由于开路不利,原想打道回府不去也罢,继又寻思既已束装就道,何能如此就被吓唬回去?决定还是硬着头皮顶风前往。一路上只见许多人家都在临时抱佛脚钉钉敲敲,一幅动员景象。骑到半路,风势更加凶猛,东呼西啸,不少广告招牌被吹得脱落残破,像月球表面一般崎岖的道路实在不好骑车,只得下来推行。这时我心中不禁嘀咕自怨,极怕万一被飞来的什么东西打中甚至击毙,则我孤单单地死在街头,猫儿们犹在家中盼望,此情此景若搬上银幕虽可与韩国片《秋霜寸草心》一般赚人热泪,但要我做送命的当事人未免太过残忍,唯有暗中求妈祖娘娘看在同乡的分上多多保佑,也好让我有机会看到彩色电视。(当时电视只黑白尚未有彩。)

其实这一趟结果是白跑,先到代理商那里,说是没人;又到别家电器行,道是中秋节日外加暴风即将来临,根本没有办法。

没有天线的电视，只能听其声而不见其人。那晚台视有艺术歌曲决赛现场转播，大猫说："幸亏是艺术歌曲决赛，没什么好看的。"说来也难怪孩子们对"艺术歌曲"看轻，台视把他们的决赛先举行就不如后来的流行歌曲赛有"压轴性"。事实上每星期一晚间"彩虹之歌"节目中歌星主唱时，字幕常印出"本公司艺术歌星合音"，而那些合音多半不过是啊啊的几句。吾友曾笑叹曰："原来艺术歌星这么不值钱。"

决赛刚听了一半便告停电，不愿早睡，乃秉烛夜读（看闲书也）。午夜只听得门窗吱格作响，那股风势似乎是以前葛乐礼、卫欧拉等所没有的。后院的铝板篱笆也不时像话剧雷电效果般地震响，教人听了十分心忧。平日小猫夜间醒来，不是翻身酣酣再睡便是无理哭闹片刻，这次却睁着两只乌溜眼睛噤着不敢吭声，室内黯淡的烛光和室外的交响声音都是她从未经历过的。

晨间起来，发现斜对门的一棵大树粗干折断，横在路上。吾家满院落叶，可惜毫无诗意。窗户玻璃全是沙土，门槛缝内积满了污泥，遮盖脚踏车的胶布也从前院被刮到后院去了。

这一天的清扫擦洗真比越王勾践的卧薪尝胆还苦，他只不过躺在那儿舐一舐挂在前面的东西，我却须在没有下女当家老板又在北部上班的日子里独自去对那些不速之垃圾大张挞伐。后院以葡萄的落叶最多，几筐也装不完。这株葡萄，长了几年，其间也曾结子串串，却无一颗令人满意，倒成了蚂蚁最方便的粮库和蛛网最佳的隐蔽处。又因枝叶太过茂盛，时常越出架子的范围广伸乱缠，我怕它侵犯过别家的界线惹人讨厌，不时登高修剪，还得检扫废枝，使我不由得想起美国已故作家史坦贝克名作《愤怒的葡萄》这个名称而火从中来。我想这座葡萄架若改搭为一座塑胶板凉棚该多清爽干净,敝户户长却辄以我这种念头完全是不懂自然美丽而只知欣赏庸俗的人工塑胶品,他的意思是即使葡萄不能直接吃也可以间接酿葡萄酒,惜乎他的一切理论往往只有序言并无结论,而我虽然很喜欢唐人"葡萄美酒夜光杯"的诗句,但要我这种"专栏作家"去做酿私酒的女工,不是暴殄天物又是什么?

艾尔西走后,学校里一位同事谈起她家葡萄架全部吹垮,乘机连根除落掉,从此省心省事。她说:"当初我先生买苗的时候,商家吹得好不名贵,保证紫红大种,谁知结到现在,酸得要死,结出的葡萄又不一起变红,总是很久才见一颗红的,但是等不及我们去采蚂蚁已经捷足先登了。咳,花了许多本钱和心血,真不如想吃的时候到摊子上去买,四十元一斤的,好漂亮哟!"句句说进我的心坎,俗云:"流泪眼看流泪眼,断肠人对断肠人。"我们正是"酸葡萄对酸葡萄"。

残瓦破砖,沾了邻居的光(因为他们有一节烟囱断落到吾家厨房顶上,砸了一个大洞,我便发起赖来——不过没有死赖,因为对方一听立刻连声道歉,我也马上文雅起来,其实我只不过希望他们的工人顺便来看一看罢了,我并不想别人花钱),在第二个台风弗劳西未来之前便迅速修补妥善。唯独电视行的工人迄无消息,叫大猫骑车(她现在会骑车了,我多了一名"打杂的童工")去问,回说工人根本没空,等候修理的人家太多,近期轮不到我们。没有电视看的日子实在难过,一气之下,决定自己动手试试:趁晚间没雨的当儿(白天一个大妇道人家爬在高处充当电器工人,被人瞧见不甚像样),在篱边搭了桌椅登高用木棍打算先把断杆挑过来,谁知挑了半天,难移分毫,我所运用的"杠杆原理"完全不发生作用。二猫自告奋勇要上那边屋顶助我一臂之力,她人小体轻,我便把她抱推过去(屋顶挨在我们的篱边,不太惊险),她十分高兴能像武侠片主角似的上瓦踩行,果然替我把竿头扶了过来。我一看竿尖折断,天线的铁管也摔歪了一根,便学大力士弯铁条的姿势将它扳正(其实很轻),然后松了螺丝卸下天线,将竹竿折断的部分掰掉,把天线重新接在剩下的竿头上(竿头已破散,强使就范,花了很大气力),然后竖起竿子将下端和旧竿基柱相并以铁丝捆绑,最后叫大猫在屋内插上电源试看,不料仍是有声无形,好不灰心,重新检查,才发现码线脱断,于是再做接线工作,此时细雨蒙蒙,赶紧马虎接上,忽闻大猫在屋内大声欢呼,原来不仅完全 OK,画面还似较前清晰,我们真是瞎猫捉到死老鼠了。记得从前有位朋友说他每逢收音机不响时就拍它一下,十分奏效,我们笑他无稽,后来看好莱坞影片《宝贝从军记》,戏中两位宝贝在飞机上无线电失灵时便是一阵拍打,果然恢复了机器的功能。我也曾在一次电唱机停转时,翻开底部拉拉扯扯了半天不得要领,想起朋友的说法,遂将活马当作死马医(大不了被我搅得死定了时再找电器行),搬起盘座重重地蹾了下去,居然立刻转动了起来。世间有许多事情恐怕也正是这般莫名其妙。

第二天白日,瞧我们前一夜接好的天线杆去头截尾矮矮歪歪地站着,跟别家高耸的天线一比,活像武大郎鸡蹲鹤群。但人不可以貌相,天线又岂可以尺量?也许正因别人的天线都在争高,我们的才能以低取胜,并且还可以说充分显示出一种残而不废的精神哩。

艾尔西台风刚过,弗劳西紧接又来,吾家虽有幸未遭风水之灾,只是每日扫落叶、拂尘土,垃圾之多,打破以往的记录。

我不便以一介主妇之尊连续捧着畚箕出巷倾倒(自改垃圾车后,巷内已无垃圾箱,若不能配合固定时间,平时倒一点垃圾便须至少跑上四百米,因此往往在听到"少女的祈祷"叮当声时,我这老女常有点反常的懊恼),只好令手下的猫儿们出动联合运输,她们推出儿童三轮车,将后座的"客运"改成"货运",省力不少。二猫在工作中连连抱怨:"跑这么多趟!"可惜她碰上铁面无情的老妈,由不得她也。心境好时我采用美国办法,凡事以奖金诱之;心境坏时我摆出武侠面孔,煞气凌人,因此说好说歹,只要我拿定主意,她们是非帮我把任务达成不可的。

　　风雨中闷了数日也苦了几天,为表慰劳,刚一放晴我立刻带猫们上街吃饭看电影。那天看的是《小镇春回》,归途车上,大猫以儿童组最高知识分子的地位发表观感:"男人为什么不能'嫁'给女人呢? 太不平等了,将来我长大一定要招赘出这口气!"我说你招赘也不会跟妈妈姓,还不是承袭爸爸的姓氏,这样推算起来依旧是男女不平等。她立刻大表埋怨:"谁教你先跟男人去姓? 都是你太不争气了!"

台风记

◎南帆

气象台发布的强台风警报搅乱了平静的日子。整个城市都在谈论台风的消息。

按照那个著名的猜想,这一场强台风可能源于某一只蝴蝶的翅膀扇动。这只蝴蝶曾经在太平洋的一个岛屿上无忧无虑地翩然翻飞。

现在,这个城市坐落在太平洋西岸,盛夏的阳光仍然坚硬、干脆,直泻而下。柏油马路晒得发软。路边一排小树垂头丧气地耷拉着叶子。小河里的水只剩浅浅的一层,显露出淤在河床上的破石碎砖。站在阳台上,可以看到许多琉璃瓦屋顶灼亮的反光。可是,裸露的皮肤已经隐隐地从空气之中捉摸到一丝凉意。天际的几絮游云正在悄悄地浮出,树丛中猛烈的蝉鸣时时不安地颤抖,断断续续。转过身来,我看到砖缝之中一队蚂蚁正在忙碌地搬家。这就对了。众多小精灵提早嗅到了特殊的气息,大风将至。根据气象台的预告,东经 118.5 度,北纬 20.5 度,一场强台风正在威风凛凛地横跨太平洋,长驱数百公里,正面扑来。这如同王者不可一世的巡礼,顺我者昌,逆我者亡。海鸟纷纷规避,游鱼急速深潜,一大片海域的胸膛汹涌地起伏,如同因为激动而渐渐急促的呼吸。

一夜之间,那一只蝴蝶扇动的微弱气流已经加剧为巨大的气旋,在太平洋的辽阔海面陀螺般地打转。当然,只有卫星云图才能拍摄到如此壮观的场面。渺小的肉眼看不清巨人的舞蹈。

台风具有一种大大咧咧的性格,公开,坦荡,明目张胆,前呼后拥。台风不像地震那么鬼鬼祟祟。地震如同一只阴险的蛇,悄无声息地潜行而至,突然把头探出地面狠狠地咬一口,待人们回过神来又藏匿得无影无踪。台风一路上气势汹汹,翻云覆雨,从不隐瞒自己的动静。这个直径数百公里的陀螺时常在太平洋上划出各种漂亮的弧线,然后选定一个切入口大踏步上岸。全世界几百台大型计算机和无数气象专家紧张地盯住台风的运转轨迹,几个国家纷纷发布权威的预测报告,锁定台风登陆地点。某些台风的脾气厚道老实,气象台可以精确地计算出它们何时抵达;另一些台风顽皮古怪,它们有时会突然拐弯,沿着一条谁也没有料到的路线飞旋而去,恣意扫荡另一些猝不及防的地区。

气象台一次次发布紧急警报。阳光早就惊慌地躲藏得无影无踪。黑云压城,层层叠叠。台风的脚步已经清晰可闻,墙头上几茎干枯的狗尾草抖个不停。一些社区官员从挂有空调的办公室钻出来,频繁地出入陋巷、危房、工地,通知居民关闭窗户,搬走阳台上的花盆,加固电线杆,捆紧脚手架,遮盖散落在地面的水泥砂石。沿海的渔轮纷纷返回码头,俯首伏在避风的港湾。高速公路全程封闭,空荡荡的入口红灯不停地闪烁。机场的最后一个航班正在降落,随后立即宣布关闭;火车的大部分班次已经取消,检票员哐当当地锁上了铁栅门。一些神经质的妇人匆匆地出入超市,抢购蜡烛、盐巴、方便面和矿泉水。一阵巨大的恐慌之后，蚂蚁般奔走的人们各自逃回家中。披上了铠甲的城市静静地趴在那里，等待台风的践踏。

当然，也有不少人对于台风翘首以盼。一个小学生目不转睛地守在电视机跟前，焦急地等待屏幕右上角图标转成黑色。老师告诉他，黑色图标出现的时候就可以不上学了。一队越野吉普车队正在山路上颠颠簸簸地向台风登陆地点疾驰。他们号称追风的人。这个车队试图闯入台风中心，寻找台风眼。台风眼是气旋的中心，大约有几十平方公里的平静区域。据说里面的灿烂阳光令人迷醉。

台风从太平洋水淋淋地爬到岸上的那一刻，整个世界只剩下大风的呼啸。

电视台的气象主持人声色俱厉地警告人们不要到海滨看台风。这时，台风的中心风力可能达到十七级。十七级是个什么概念？主持人解释说，这种风能迎面将一幢楼房刮倒。电视上出现的画面上，一排电线杆中弹似的齐刷刷倒下，一个悬挂广告的钢架竟然被拧成了麻花。当然，冒险者仍然不乏其人。几个敬业的电视记者紧紧裹着橡胶雨衣，竭力扛稳摄像机；女主持人抱着一棵树对着话筒大喊大叫，声音仍被刮得支离破碎。她的腰里捆了一根绳子，绳子的另一端牢牢揪在另一个大汉手里。

这时，昏黄的海面剧烈地翻滚。涌起的浪头如同千百只野兽腾跃而至，怒吼咆哮。十几米高的巨浪奋力拍在岸边的礁石上，溅起高高的水花，如同一记又一记响亮的耳光。面海的山坡上，柔韧的相思树和长长的茅草一律往同一个方向倒伏，所有的枝条都像绝望地求救的手臂，无数的叶子在苦苦的挣扎之中哗哗地响成一片。山坳里有一幢石块垒成的小平房,几张瓦片突然如同纸片似的飘到空中。父子俩在屋里努力顶住咯咯作响的大门,门板被大风推得凹了进来。突然窗户的玻璃砰的一声裂开了,大风猛地灌进来,蚊帐立即飞上了天花板,厨房里的锅碗瓢盆叮叮当当响成一片。转过山坳是一所小学,校舍和教室里已经空无一人,只有几扇未曾关紧的窗户啪啪乱响。操场边的走廊上摆了一张乒乓球桌。一股风从过道里窜出来,乒乓球桌被掀到了操场中央,单腿支在地上骨碌碌地打转。小学后面的山头上盖了一座小亭子。六角的亭子顶盖被大风轻轻地托了起来,纸鹞似的在空中飞翔了一阵,然后稳稳地落在山脚下。

多年之前,我曾经在刮台风的日子里出海。那是一个最大风力六级的小台风,我乘坐的客轮还是冒险出发了。从江里驶入大海的时候,我正在餐厅里吃午饭。客轮开始悠悠荡荡地左右摇摆。船向右倾的时候,我从舷窗里看见了满天铅灰色的云团;船向左倾的时候,我先看见了岸边长长的山脉,随即又看见了翻腾在船舷旁边的浪花。三五个回合之后,我啪地将筷子一扔,抓着船舱的扶手摸索回自己的房间,如同一只壁虎牢牢地黏在床位之上。二十个小时的航程里,唯一的意识就是与晕眩和呕吐搏斗,甚至连葬身鱼腹的恐惧都抛到了脑后。

台风经过城市上空的时候,所有的楼房和街道仿佛都蜷缩成一团,背对天空。从楼房与楼房的间隙可以看到,空中一团又一团的乌云如同千军万马踩着头顶疾驰而过。街上稀少的行人倾斜着身体吃力地行走,手中的雨伞被风刮得翻卷过来。不知哪里来的几个塑料袋呼地蹿上天空,疾速地越飞越远。待在一幢大瓦房里,所有的窗户缝隙都在呜呜地尖啸,犹如无数只野猫在凄厉地号叫。间或就会听到玻璃或者瓦片破碎的声音,仿佛这就是这个城市仍未死寂的唯一证明。天渐渐黑了下来,突然白光一闪,然后轰隆一声巨响,附近的电灯统统熄灭了。大风将空中两根平行的电线搅到一起,短路形成了大面积的停电。摸索着找出两根蜡烛点上,颤颤巍巍的烛光不时猛烈地摇晃一下,仿佛随时会沉没在黑暗之中。远处一阵巨大的风声传来,窗棂、柱子、房梁似乎都在咯咯地抖动,立即要拔地而起似的。

如果住在一幢坚固的楼房里,心情就会稳定许多。地动山摇的漫天风声里有一个安全的洞穴,可能特别好睡。当然,躲进小楼成一统,这时也可以读一本廉价的浪漫故事。灰姑娘与白马王子相遇,一阵矫揉造作的不幸之后,有情人终成眷属。这种故事在明亮的阳光底下破绽百出,可是有了窗外怒吼的狂风,人们很快就会被感动得热泪盈眶。合上书本的时候,社区里惨淡的路灯已经战战兢兢地亮起来了。窗户外面梧桐树枝的影子疯狂地摇摆,如同一群喝醉的魔鬼。灵感也许就是在这个时刻突然光临。急忙铺开稿纸,一篇侦探小说滔滔不绝地涌出。情节诡异,气氛恐怖,尸体一具接着一具地抛出来。故事内部风雨大作,那个著名的侦探沿着屋顶放下来的一根吊绳爬入三楼的窗户……

这时的窗户一阵紧一阵地沙沙作响。雨终于来了,雨脚斜斜地扫在玻璃上。水花漾开,外面的景象一片模糊。

大雷雨的雨滴豆粒般大小,啪嗒啪嗒地砸在窗台上。顷刻之间,乌云低垂,天昏地暗,狂暴的瓢泼大雨从天而降。大

台风记

约半个小时,轰隆隆的雷声渐行渐远,稀薄的云层背后蓝天再现,几缕霞光从云缝里迸射出来。可是,台风携带的雨云厚实得多。大雨可以不歇气地整整下一天,雨脚绵长细密,随着风向忽左忽右。

一个刮台风的夜晚,大雨倾盆。我驱车返回寓所。沿途许多下水道入口咕噜噜地冒出一朵朵小水柱,低洼路段迅速淹没。冒险冲过去的小轿车带起了高高的水花,随后扑扑地闷响了几下,熄火在一汪积水中央。我在路灯昏暗的城市里四处绕行,一直找不到一条安全的路线。一个十字路口汪洋一片,众多司机纷纷下车察看水情。一辆大巴士奋勇冲入积水,疾驰而去。它带起的涌浪竟然将两辆并排的小轿车飘浮起来,砰地撞到一块,凹了车门。城市的内河里浊黄的河水默不作声地上涨,迅速地漫过了附近的路面。一辆出租车担心将不慎驶入河道,司机跳出车来寻找路面的标记。犹豫茫然之间,水面迅速上升了一尺。惊慌之中,司机只得攀上车顶,抱着车灯盘腿坐了整整一夜——这一幅画面成了许多份报纸的头版照片。

一些木条钉成的小筏子开始在这个城市的小巷子穿行。小筏子上载了些米面糕点。如果有人吆喝,艄公就会用竹竿挑起一塑料袋的点心从窗口递进去。躲在楼上的老人一面鼓着没牙齿的嘴巴咀嚼点心,一面喃喃地回忆起多年前的另一场洪水;孩子们从楼梯上溜下来,惊奇地发现餐桌、自行车和许多只皮鞋都泡在水里。他们兴高采烈地坐在台阶上漂纸船。趁着大人不注意,悄悄地将脚丫伸到浊黄的水中撩一下,然后发出得意的尖笑。

大雨下了一整天之后,城市之外成了一片浊黄的汪洋。

田野和道路都已沉没,只有乌黑的瓦顶、树冠和电线杆的顶部和几根横七竖八的电线露出水面。一些屋子的泥墙已被洪水泡软。一阵轻轻的波涛荡漾,泥墙无声无息地瘫下,瓦顶轰地在水面制造个旋涡就消失了。上游顺流冲下各种杂物:发胀的死猪和死鸡尸体,木盆,一棵枝叶茂盛的大树,椅子和小橱子,塑料桶,几根木柱子,如此等等。一只鸭子孤零零地浮在水面,张皇地随波逐流;一只蛇划出一道长长的水纹,快速地游近岸边。消息传来,前面的公路大面积塌方。雨水将整座山头泡得松软,两三米厚的土层剥离了岩石,树木、茅草和种种左右盘旋的藤状植物带着大片的泥土轰然滑下,埋没了村庄边缘的两幢房子,然后拦腰截断了村庄面前的公路。

风已经变小了,滂沱大雨仍然均匀地洒下来。天地之间一片沙沙的响声,没完没了。

没有人说得清台风何时离去。这么一个庞然大物说走就走,一溜烟消失在空气之中。

台风过后的城市如同挨了一顿重拳,鼻青眼肿,伤痕累累。大水退下去之后,满街黄色的淤泥,偶尔还能从泥浆里发现几只小螃蟹或者小泥鳅。马路中央的隔离栅栏倒了一大片。路边歪斜的树木如同缺胳膊少腿的残兵败将。一棵大树倾倒在地,它的根须拔出地面时掀开了人行道上的地砖。墙壁上残留着洪水泡过的黄褐色印记。几家杂货店陆续将过水的米、窗帘布和手套、袜子摊在空地上曝晒。

人们神色平静地走出家门,看了看阳光刺眼的天空,然后开始清理门前的垃圾。报纸上说,这个台风刮走了多少个亿,人们只能认账。天要下雨,娘要嫁人,由不得自己做主的事,抱怨没有意义。多少代人都是这么活下来的。

　　街头的巨幅广告牌被吹得七零八落。一个明星只剩下笑容可掬的半个身子。另一条孤独的胳膊古怪地擎着一部新款手机。一个球鞋广告仅仅留下两根粗壮的大腿。一个美丽的女人裸背从中间裂成了两半。这些破烂的图画悬挂在光秃秃的钢架上,无意地制造出某种后现代的意味。一个行人心中感慨:生活的表面繁荣如此脆弱,一阵风就可以摧毁;另一个行人的感慨恰好相反:只要那些钢架子没有倒下,重新裱上一些更漂亮的图画是很容易的事情。

　　歇息了两天之后,那个小学生不得不背起双肩包重新上学。他看到路边的石阶上有一只大蜗牛缓缓爬行,于是就蹲下身子聚精会神地观察。他明白再待下去就要迟到了,然而就是懒得起来。马路上一串尖锐的汽车喇叭终于惊醒了他。站起身来,他心里幽幽地叹了一声:什么时候台风还会再来呢?

惊风骇浪上前崂

◎芮麟

　　崂山,这个动人名字,深印在我脑海里,已有好多年了!因为震于《齐记》上"泰山虽云高,不如东海崂"的记载,及《寰宇记》"秦皇登崂盛山望蓬莱",《汉书》蓬萌养志崂山的传说,而我们的诗仙李太白,也有"我昔东海上,崂山餐紫霞"的名句流传下来,更使平生有山水癖的我,成为梦魂颠倒,不游不快!

　　四月下旬,市政府公务员同游崂山的消息传出以后,我首先签了名。预定游的是前崂,乘的是港务局小轮,日期是四月二十六日。

　　到四月二十五日,报名参加的人数已有二百多,港务局小轮已容不下,决定改乘海军第二舰队的兵舰去,心里更为之定宽。

　　崂山盘结起伏,委蛇奔腾,绵亘数百里,就天然的地势,分成前崂、后崂二部。前崂三面环海,必须遵海前往,且崂山附近,风浪极大,游人普遍视为畏途。后崂则毗连大陆,汽车可以直达,交通便利,朝暮间即可往返,因为游崂山的,都只上后崂,而不上前崂。我们这次,却偏偏要上前崂。

　　二十六日,早晨天刚亮就起来,把快镜端整好,干点包扎好,即匆匆出发,到栈桥集合。

　　是不很冷也不太热的天气,那天气,好像特地安排下为我

风

们游崂山的。

七时,大部分的人都已到齐,带着太太小姐的也不少。薄薄的春装,明艳的色条,使晓雾朦胧中的栈桥,顿时觉得风光旖旎起来。

春,除了大自然的烘染以外,人物的装点,也是必要的。

七时半,男女三百余人,分乘了港务局的金星、水星二轮,渡到了停泊海中间的镇海舰上。烟水迷茫,海天如画,临行,作一绝:

> 此行又为看山忙,极目海天兴转狂。
>
> 偷得浮生闲一日,浪游幸勿负春光。

镇海舰,远望虽不大,靠拢来,金星、水星的高度还相差好几丈,小轮船上的三百多人,从镇海舰的扶梯上,一个一个爬上去,整整爬了半点多钟,方才爬完。舰上很宽敞,载了这许多人,一点也不觉得拥挤。

八时半启碇,出胶州湾,折向东北行,经汇泉角、太平角、燕儿岛、麦岛,一路风平浪静,漫步廊下,如履平地。

在舰上,看着崂山的地图,谈着崂山的路径,望着海天的景色,不觉得时间在飞快地过去。

十时,经梯子岩而到太清宫口,这时天色已阴沉下来,风浪之大,得未曾有,镇海停在海里,同来的金星轮,左靠右靠,再也靠不到舰,因此许多人呆立在舰上,上不得岸。不得已,便用舰上的小划子,由海军士兵驾驶着,来回向岸上送。一个小划子只能送十几个人,舰上虽有三四条划子,但以兵舰离岸很远,输送一次,来回要二十分钟,把许多心急的人,焦灼得不得了。于是便合雇做生意的小划子登陆。

从镇海舰下小划子，真是危险极了！

小划子因为风浪过大，也靠不紧军舰，有时靠得拢些，但一个骇浪，可以打离开军舰一丈多远。同时，小划子离军舰甲板，约有四五丈高，仅凭摇摇摆摆的扶梯下去，一个浪来，海水可于一转瞬间，突涨七八尺。扶梯的下端，完全没下水底去，划子也浮到上面来。要是人立在扶梯下端，非但衣履完全被海水侵湿，还很容易给风浪卷下海去。情景的险恶，真无异同死神在搏斗！

上划子的人，必须站在浪来打不到的扶梯中端，等一个大浪过去，即刻向下急走，拼命跳下划子，那时稍一踌躇，则一个浪来，把划子打开，或划子掀起，那个人是一定没得命的。在这里，要是你跌下海去，是没有人会下水捞救的，也没有方法可以捞救的。实在，那时的风浪太猛烈了，不是军舰，简直会抛不住锚。

每一个人的脸上，都现着紧张和惊惶的颜色！

游程由筹备处分成了两部：一部是从太清宫上岸，经上清宫、明霞洞，至青山、黄山，于下午四时，到华严庵集合登舰；一部是直接到华严庵登陆，单游华严庵和白云洞。我和雨时，选定第一条路线，十分之八的人，都自太清宫登陆。

在舰上守了一点多钟，方才搭到划子，于惊风骇浪中，丧魂落魄地流到了太清宫的小码头。我跨上了岸，方才低低地透了一口气：今天，我的性命算从阎王爷手里逃回来了！

太清宫离海不到半里路，在海边，有二方"渤海澄波""楼船明月"的石碑，过石碑，便是一条很幽深的竹径，走尽竹径，便是云树森森的太清宫。宫相传为宋初敕建，有元、明、清历代碑记，与上清宫相对，故又名下清宫。殿宇宏丽，正殿前银杏两株，壮可合抱。西院耐冬一株，枝干蟠曲，若龙虬，本围七八尺，极奇古之致。今适开花，红花碧叶，互相映辉，娇艳欲滴。庙中多乔木，如玉兰、紫薇、木槿、牡丹之属，纷植满院，宫后松楸，蔚然成林，夹墙幽篁，绿影萧疏，岚气海光，可延几席。确是一个足以养性修真的安静去处。

绕宫一周，即于两侧厢房中，品茗进干点。同来数人虽多，但以上岸先后不同，各已走散，和我在一起的，只有雨时和公安局的野萍二人。在太清宫，作了一首七律：

太清宫

林深飞不到尘埃，紫府清虚凌海开。

万里涛声沸药鼎，千重山色映丹台。

危阶曲曲依峰转，瘦竹亭亭绕室栽。

未许此行轻别去，耐冬花下再徘徊。

吃过了干点，休息一会儿，即离开太清宫，于后面松林内拍了几张小照，并截了一根小竹竿，作为登山用的手杖。

从太清宫到上清宫，我们三人都不认识路径，就循着松林内的大道走走。一路青山绿树，曲涧穷岩，境极幽茜。至现海石，有"波海参天"及"始皇帝二十八年游于此山"的石刻。在这里，因为地位较高，半个海面，尽人眼帘，比太清宫壮阔得多了。

天气是那么的清丽，风，暖暖地吹在身上，使人有些觉得懒洋洋的，许多不知名的野花，开遍路旁，开遍山上；成群的小鸟儿，在枝头飞来飞去地叫着，显现出生命的活跃。

春，在江南早已烂熟了的春，也已姗姗地来到北国了！

经过了好多的山峰，方才到了上清宫和明霞洞的交叉口，因为这时已是午后二点，虽然到上清宫已不足一公里，但他们都主张直接到明霞洞,不再去上清宫,我为取得一致的行动,只能跟着大家走,心里却有说不出的惆怅!

转过山坡,在顶上可以很清楚地望见山坳里的上清宫。老树几株,败屋几间外,别无若何令人留恋的景色。据云宫亦为宋建名刹,牡丹银杏最有名,门前石壁上,有邱长春禅诗十首。远望虽无若何可取,但终以不能亲去一游为恨。人真是一种贪得无厌的动物!

下午二时半,到了万山环抱、林菁四合,十分幽深、十分曲折的明霞洞。在这里,整个的海面,无数的风帆岛屿,烟云峰峦,都已一一在望了。

明霞洞建于金大定二年,岩上到"明霞洞"及近人邵元冲氏"天半朱霞"等字,海报凡650米。院内轩楹清洁,景物明丽,乔松秀竹,环绕左右,名花异葩,临风怒放,地位之佳,风光之胜,似比太清宫更高一筹。

因为一路跑得太热,应在向海一面的楼上坐下,净脸喝茶。心一定,诗便来了:

明霞洞

廓然尘累尽,俗虚不须删。

放眼峰千笏,抬头海一湾。

名逃天地外,身置画图间。

古洞人来少,白云日往还。

幽深清丽,为明霞洞和太清宫同有的优点,但太清宫居于海边,明霞洞位于山腰,因着地位不同,环境和风景,也生出很大的差异来,读前人"有石皆含水,无峰不住山,洞天幽以祖,苔木修而纹"的明霞洞诗,及"修竹万竿青入海,老松一路碧参天，山中鸡犬皆离世，水底蛟龙欲问禅"的太清宫诗，二者的差异，即可见一斑。

休息半小时，出来巡视一周。明霞洞房屋很不少，并且建筑得都不坏，如能在此小住一两日，看看海，听听泉，望望云，吟吟诗，简直是神仙生活了。

三时，离明霞洞，向青山前进，除雨时、野萍，又加入慧莹，成了四个人的小团体。

一路都是弯弯曲曲的山径，翻上翻下，行走极感困难，幸而在太清宫带来的那只小竹枝，帮了我上坡下坡时不少忙。

过市立青山小学，校舍和别的乡村小学一样，辄是崭新的洋楼，因时间的限制，未入内。

三时半到青山村。村子完全建筑在山麓，一部也在山腰，一层高一层，一家再一家，重重叠叠，居高临下，很使我想起《阿房宫赋》上的"烽房水涡，矗不知其几千万落"的光景来。

这一带，因为尽是山岭，绝少平地，所以居民都以捕鱼为业。而土地的利用，也可以说到了极点。山坡上下，把泥土填平，种植麦子，泥土且须从别处一篓篓地挑来，靠低的一面，须用石块砌高，以防下雨时泥土泻去，工程之艰难可见！民生之艰难可见！看了这种情形，不得不使我对于江南地力未尽的地方，感觉极度的惭愧了！

这里北面是大海，南面是高山，地位实处于山和海的夹缝间，风景的幽美，在别处很不易看到。在重重叠叠的石屋中，墙角边，东一株杏花，西几株桃花，白的雪白，红的血红，迎风摇曳。山上，岗上，涧边，路旁，也有无数的野花在张着笑靥，惹人怜爱。

苍松绿树，碧海青天的大绒幕上，再零零星星，错错落落地点缀下不少红的花，白的花，更显得风光娇丽，柔媚有致！我们在石桥边，照了好几张相片。我并有一首五律，记其胜概：

青山村

寻春不辞远，胜日此登攀。

村罨高低树，花连远近山。

柴门常寂寂，青鸟自关关。

独立斜阳里，长歌未忍还。

这时已是下午四时了，红日西斜，暮霭苍然，渐有夜意，闻至华严庵还有十多里路，不敢久留，即沿着海边大道，急急西行。

从前崂山道路未辟，交通不便，所以只有羽流隐士抚足其间，好奇耽古之士也间或一至，普通人是很少来游览的。按崂山在即墨县东南濒海处，有大崂小崂之分，峰峦以千数，洞壑以万计，周广可数百里，磅礴郁勃，为海上之名山。其脉远祖长白山，近自灵山山脉蜿蜒而来。经招远、莱阳而抵即墨境，主峰为巨峰，高出海面1136米，适当全崂之中心，其支脉散而四走，涧壑河流，大者要概由巨峰为分水岭。山势东峻而西坦，故其脉东南短，而西北迤逦极长。开埠以后，德人奖励登山，不遗余力，由青岛至太清宫，则有汽船。登窑、柳树台、大崂观等处，则有汽车道径达山麓。又于山中刻石立志，辟为登山路径，十有六线，依次编号，间数百步，立一标。游山者按图觅路，循环往还，莫不称便。至民国三年，日人占据青岛，登临之路，日渐荒塞，深山中竟为匪类遁逃之薮，因之来游者多闻风裹足。民国十七年东北海军司令沈鸿烈氏驻防崂山湾，兴建古迹，整治道路，于是旅舍别墅之建筑，也日多一日。现在则几乎没有一处不通大道，十之七八，都可通汽车了。前崂部分,汽车已可直达青山,将来如能展筑至太清宫,则全山道路,都可衔接通车了。

自青山西行约四里至黄山,茅屋石壁,小桥流水,环聚成村,情景和青山相仿佛。《劳山志》所谓"沿路皆大石错落,忽峭壁,忽坐矶,苍松杂出其间,折而愈藩,即山阴道中,未必尽如此之天造也"云云,洵非虚语。

这时已过午后四点半了,暮色渐渐浓起来,路上很多人自山间采樵或者田间除草缓缓地回家。我们在溪涧澜边休憩了一回,我又作了一首小诗:

黄山村

入山云树合,鸡犬寂无哗。

海啮崖根断,山衔日影斜。

土地齐种麦,茅屋半栽花。

卜筑期他日,村醪或可赊。

后来一个朋友看见了我的"卜筑期他日"的诗句,他就大笑起来,他说青山黄山的女人是自古出名的,我听了心头为之作恶不止。及翻阅《崂山志》的游崂指南,也有"山中民俗,尽皆朴质,惟青山黄山两村,以艳冶名。其男子于谷雨后入海业渔,妇女则施朱敷粉,招惹游人,风光之细腻,尤在此时"的记载,不禁为名山叫屈!轻薄少年,凭藉他一些臭铜钱,入山蹂贫家妇女,非但玷污名山,并且败坏风化。说这种话的人,要是阎罗有灵,也该贬入拔舌地狱,才见公平!

我们于涧流潺潺声中,小坐十分钟,因天光不早,仍急急西行。自黄山至华严庵十多里,都是沿着海走,虽然道路平坦,但因跑了一天,双腿已疲倦万分,反不如在明霞洞一带翻山越岭来得爽利。

到斐然亭,简直跑不动了,只得立定稍歇。本来我的跑路本领在一船青年中是要算上上的,昨天上午,无端地被拉去参加了一次公务员春季足球赛,已有十年不履球场的我,忽地经过这样的剧烈运动,今晨起来,两条腿早已不听我指挥,就在平地也酸痛得寸步难行了。我又因为游前崂的机会不易得,所以两足虽酸痛,仍然挣扎着前来,再奔波一天,愈觉酸上加酸,痛上加痛,无法遏制了。渐渐地,在四个人中,我落后下来,这时,只有我一个人了。

亭于民国二十二年由上海经济调查团出资创建,并刊有石碑,记述青岛市政当局的政绩。此亭依山临海,地位极胜。曲涧横岗,映带左右,疏松秀草,点缀其间,观海听涛,最为适宜。

盘桓片刻,仍匆匆西行。我生平游山,雅不愿乘坐山轿,一方面固以坐了山轿,各处名胜,均于模糊中过去,且往往为轿夫所欺;而汪岳如氏所说"世岂有乘舆看山之理乎?乘舆看山,即是走马看花矣,有何领略处?况游山闲散事也,使两舆人挥汗喘吁,急忙往还,徒增一番恶态耳"的话,也很打动我的心,所以我近年游过的山虽也不少,仅于泰山、华山坐过两回轿,其余都是步行的。但是,这时反恨自己没有雇轿了,在这里,要雇轿也已没雇处,只能拖着疲极的脚步,慢慢前进。

十多里路是那么远,翻过一个山头,又是一个山头,转过一座高岭,又是一座高岭,华严庵好像是永远走不到的!一路尽是"海连松涧碧,叶落草桥红、鸥队闲云外,人家乱石中"的好景,因为身体太累,也无心细细领略。

游山是应该舒舒服服、定定心心的,照今天这样,简直是来参加越野赛路了。但是,团体的一致行动,个人有什么办法呢?

下午五时四十分，勉强挣扎到华严庵的山麓，眼睛望着山腰郁郁葱葱中的华严庵，两条腿再也跑不上去；而小舢板已在海边纷纷渡人上镇海舰，时间也不允许我再游华严庵了。我只得向华严庵行了一个注目礼，恋恋不舍地走下山冈。

华严庵又名华严寺，建于明崇祯时，清初颁有藏经，都七百二十套，每套十分，分藏于山门上的藏经阁。地位的幽静，风景的秀美，在崂山各寺观中，应首屈一指。"这样好的去处，索性留待将来详详细细地游吧"，这是我聊以解嘲、聊以自慰的想法。

到海边，天已下起雨来了。三百多人挤在海滩上，一个舢板，一次只能载送十余人，雨下得很快，人却少得很慢，许多人都在土岗边木排架下避雨。风急浪高，舢板在雨打风吹浪击中，驶向停泊海心的镇海舰，其危险的程度，比在太清宫登陆时更过百倍。一个摩登姑娘，不知是谁家眷属，在沙滩上跨向舢板时，心慌意乱，不知怎样，忽然失足落水，幸在海滨，经人扯起，未遭灭顶之惨，但一身春装，半截已成湿淋淋的了。这时，夜色笼罩，寒风凄厉，气温与早晨出发时截然不同。那些穿得很少很薄的妇女们，一个个咬紧牙齿，掰紧肩膀，鼓足勇气，和冷风冷水交战。那个跌在海里的姑娘，其凄苦可怜，也就可以想见了。

预定晚上九时回到青岛市的计划，因为开船时的延误，当然不会实现了。舰上是没有饭吃的，在等待舢板的期间，我吃了六个鸡蛋充饥。那个船户，给他想起了这个办法，倒于半点多钟内，做了一笔好生意。

六点半钟，我方才由小舢板于惊风骇浪中渡到了镇海舰。这时，雨已下得更大，除了军舰上的电灯外，山海水天，完全变成一片白茫茫的浓雾。一百丈外，什么都看不清了。

七时，军舰开始移动。风激浪涌，天惨地愁。颠簸之苦，实为平生所未经！不到一刻钟，船里只听得一片呕呕声了。

风，如排山倒海似的袭来；雨，如天塌地崩似的打来；浪，如千军万马般地卷来。一个军舰，竟如飘在海面的一张树叶，一忽儿高，一忽儿低，一会儿左，一会儿右，只是摇摆不定。舰上三百多人，人人失色，个个恶心。

早上来时，天气晴和，走廊和船头船尾一带，都可坐人。现在一下雨，人都挤到几间屋子里去了，非但没有凳子坐，就是地板上，也是没有插足的余地。我因奔走了一天，两条腿再也支持不下，就于大餐间的一角，坐下休息。好在地板是洁滑得台跌倒人的，即稍有龌龊，这时也顾不得许多了。

起初大家呕吐时，我还能支持，后来大餐间里经过许多人呕吐后，所发出来的一股异样的气味，实在熏得人受不住了，于是大家主张开窗，冷风从窗洞里拥进来，把恶浊空气逼走，那股味道方才好了些。但吐的人是愈来愈多，新的气味，也愈聚愈多，把几个当打杂的海军，忙得不可开交。

我心头也慢慢觉得有些不寻常，两手抱着双膝，一动也不敢动，把嘴紧紧地闭着，勉强忍住。

船是行得很慢很慢。在海上，一下雨，便起大雾，雨和雾是相伴而来的。恐怕触礁，军舰不敢照平常的速率开，只是慢慢地前行。

开了窗空气固然好了些，但坐在窗口的人却提出抗议了。那窗洞的风，真如猛虎般扑进来，冷得人浑身发颤，于是窗子又给关上。

本来，说九时可以到栈桥的，停一会儿，又说十点一定可以回到栈桥,后来又说恐怕要十一点才能到栈桥了。我只听天由命,安静地坐着,心里唯一祈求的,便是不要呕吐。

看着表,时间的过去,一刻钟比一年还长。八点半时,风浪更大,颠簸更厉害。坐在我前后左右的人,大半也在呕吐了。地板上,不知从哪里淌来的腻腻的、滑滑的胃里倒出来的残余养料,把衣服的一角沾染得都是。不得已,急急站起来,把衣服上的肮脏擦干,地板上不堪再坐,凳子椅子,又都已为他人捷足先登,我只得站在那里。两条腿站不动不要说,风流颠簸中的军舰,哪里能够站得定呢?我身子靠紧人家的椅子,双手拉紧窗槛的铜栏杆,还是一倾一侧地立不稳。不到十分钟,我的胃里也在翻腾起来了。我想,没有座,今天的呕吐是免不了的,但到哪里去找座位呢?这时,深悔在上船前吃了六个鸡蛋,否则这时胃里已经没有东西可以呕吐了。

到九点钟,我胃里的东西几乎要冲出咽喉来了,知决不能再忍耐五分钟,急急把身旁的窗洞扯开。面孔和胸口,正对着猛扑进来的冷风,方把正在翻腾起来的东西压下,人也舒适了许多。

发现了这个方法,于是我始终正对窗洞站着,不敢再移开。海风虽冷,比呕吐还好很多啊!

九时半,风才慢慢地缓下来,浪也慢慢地小起来。不久,雨也停了。

今天,要是搭港务局金星、水星二轮来,三百多人,没有一个人会得不呕吐的,我可断言:镇海舰比金星水星大几十倍,还颠簸得这样厉害呢,游前崂真是太危险了!

深夜十一时,方到青岛的前海,抛好锚,只不见港务局的小轮船来接,归心似箭的三百多人,一个个鹄候在镇海舰上,无形地拘留了二三个小时。要是我们今天乘的是金星、水星，非但没有人能够受得住，并且今夜也回不来呢！和我们在华严寺同开的金星轮，不知被打到什么地方去了。

舰上发无线电报，没有用，发无线电话，也没有用。左等右等，只是不见小轮船来接。看样子，今天是要在舰上站一夜的了，如此游山，自己想起，也不觉失笑！

一时，不知哪个机关接到了无线电话，通知市政府，转令港务局派轮来接。

在无边黑暗中，远远地望见海面有一条黑影破浪前来，大家不觉同声欢呼，可是究竟是不是港务局的轮船，还是疑信参半。

岸上一星星的电灯光，透过了漫天的薄雾、无边的夜色，发着微弱的亮光，照到舰上。我们的军舰究竟是停泊在哪里，谁也不能断定。有的说是前海，有的说是大港，有的说是小港，纷纭猜度，莫衷一是。大家的意思，为黑夜登岸的安全计，最好在大港码头上陆，因为那里有路灯，有码头，虽是黑夜，绝无关系的；在别处则太危险了！但是也有许多人说，大港码头非经事前接洽妥善，军舰是不准靠岸的。那么，这事的希望便有些说不定了。

在欢声雷动中，港务局的小轮靠到了镇海舰。因为在深夜，大家都急着要回家，把扶梯附近挤得水泄不通。我知道小轮船一次绝不能载三百多人，跑了一天，站了半夜，两条腿也绝不能和人家去挤，所以大餐间走掉了许多人后，我急急先拣一个空座位休息一下。这一日，身体实在太疲倦了！

小轮船来回接送了三次，方才把三百多人完全渡完。我是最后一批登陆的。走出大餐间，海面的冷风一阵阵吹来，吹得我身子不住地发抖。两条腿,酸痛得几乎不能开步了。我深悔昨天参加了公务员的春季足球赛,但是,本来是被人家硬拉去的,自己不想去,又有什么效果呢?

小轮船到大港码头,恰恰是早上三点。市政府的汽车已全部出动,在迎候接送了。

整个的青岛市,都像睡熟了般的静寂。街头只有一个两个的警察和三五辆洋车在寒风凄厉中,幽灵似的踱步。电灯光也是淡淡的,似乎失去了原有的光辉。

三时半抵市政府,当我倦极了的身体钻进温暖的被窝时,已快敲四点了。

二十七日早晨七时,睡了刚三小时,正想挣扎起身的我,听公役来报告说奉市长谕,凡昨日游崂山的公务员,今天特准休息一天,便又倒头睡下了。

经过了一星期,身体的劳倦,方才渐渐恢复过来。

这一次,与其说是游崂山,我宁说是作了一次海上旅行。所有惊风骇浪的壮观,悸心荡魄的险象,我们都一一经历了。

许多人说下次再不敢去了,再不愿去了!我虽是跑得那样疲乏,颠得那样难受,下次还是愿意参加的,因为一想起还没有到的华严寺和白云洞,我的勇气又激增了!

附注:崂山,古称劳山、牢山,亦名辅唐山、鳌山,地域约三百平方公里,主峰名巨峰,俗称崂顶。其东南部,亦称前崂,有太清宫、上清宫、龙潭瀑、明霞洞诸胜,今已陆通,由崂山游览南线可达;崂山的北部,一般又统称后崂。北线有华楼宫、神清宫、北九水、靛缸湾、潮音瀑、蔚竹庵等诸多风景点;东线有华严寺、明道观、棋盘石、白云洞等诸胜,以太平宫游览区为最著称。

老黄风记

◎刘成章

它还在山的那边,离这儿少说也有十多里路吧,我分明已经感到它的威势了:树梢,泉水,连同我的衣襟,都在簌簌抖动。我看见,缩起一只爪沉思着的公鸡,忽然睁大了眼睛;正在滚碌子的农村妇女,慌忙卸驴,慌忙收拾簸箕筐笭。

它来了。它从苍白的远处,席卷而来,浩荡而来。它削着山梁,刮着沟洼,腾腾落落,直驰横卷,奏出一首恐怖的乐曲。它把成吨成吨的土和沙,扬得四处都是。天空登时晦暗起来。我抬头看太阳,太阳失去了光辉,变得就像泡在浑黄河水里的一只破盆儿。

它尖厉地号叫着,狂暴地撕扯着。

本来,世界是和平的,宁静的:禾苗上滚着露珠,花瓣上颤着蜂翅;可是,它一来,这些景象都不复存在了。大片大片的庄稼,倒伏于地。飞鸟撞死在山岩上,鸡飞狗跳墙。

本来,那边刚刚栽下一片树苗,树苗都扎下了根,长出了嫩绿的叶片,可是转瞬间这些树苗被连根拔起,和枯草、羽毛、纸片、干粪一起,全被旋上了高空。

它肆虐着,破坏着,炫耀着粗野。

而我,早已看不见许多了。我只顾背着身子。我无法睁眼。我的耳朵、鼻孔、嘴巴,全都灌进了沙粒。我像被一只巨手揉着,站不住,走不稳,身不由己,五脏六腑都被摇乱了,像鸡蛋乱了黄儿。我赶紧去找安身之所,于是,我在慌乱中挤进了窑洞。

窑洞里,庄户人们,男男女女,一个个也是刚挤进来;一个个头发上是土,眉毛上是土,肩膀上也是土;一个个变成了灰土猫儿。

按照陕北的说法,这是老黄风。"老"是"大"的意思,这黄风是够大的了。

庄户人嘻嘻哈哈地咒骂着:

"黑小子风!"

"儿马风!"

"叫驴风!"

话不一样,却有共同之处,这风,是雄性的。我想起,两千多年前的楚人宋玉曾把风分为雄风和雌风。他们竟想到一起去了。

这风,是雄性的,雄性的粗暴,雄性的狂烈,雄性的蛮横。也许女人们意会到这一层了,一齐咯咯咯地笑起来。

"笑什么? 牙龇得就像脚趾甲一样!"一个后生玩笑地说。玩笑也有一股雄性的野气。

风,越来越响地呼啸。

整个黄土高原在痛苦地抽搐。

风,扑打着门窗。

门窗外,黑小子砰的一声摔了酒瓶,掂起丈二长的一根大棒,无法无天,打家劫舍;儿马和叫驴挣脱了缰绳,炝着蹶子,狂奔乱跑。草棚被掀翻了。瓷盆被打碎了。水倒下一地。一会儿,黑小子登上磨顶,而儿马又从他头上跃过,咬住了叫驴的脖颈;叫驴被激怒了,疯狂地反扑过来。蹄下死了几只羊羔和小鸡。黑小子的怪笑声,有如夜空腾起一条冰冷的长蛇。到处烟喷雾罩,混沌一片。

渐渐，人们不再注意它了，互相攀谈起来。庄户人是耐不住冷寂的，没说几句，就热闹了。一个汉子站起来，凑到一个胖大嫂的身边，扯长声儿唱道：

　　山羊绵羊一搭里卧，
　　我和妹子一搭里坐。

他真的紧挨胖大嫂坐下了。人们一片哄笑。接着，他硬扯着胖大嫂站起来，又唱道：

　　山羊绵羊并排排走，
　　我和妹子手拉手。

人们又是一阵哄笑。胖大嫂只是笑骂着，不知该把自己的手往哪儿藏。

陡然间，外面轰轰隆隆，圪里振捣，窑洞的门窗都快要被推倒了。正午的天气，立即变得就像愁惨惨的暗夜，人们不得不点起灯来。

外面，那掂着大棒恣意横行的黑小子，不是一个，足有三百个、四百个！那横冲直闯胡踢乱咬的儿马和叫驴，不是一匹、两匹，足有七八百、上千匹！黑小子都脱光了脊梁，儿马和叫驴都竖直了鬃毛，都是一副凶相，都是汗水淋淋，都红了眼，疯了心，走了形！黑小子长出了尾巴。儿马和叫驴都用后腿直立行走。它们都像山石，山石都像它们。一切模糊不清。而喧嚣声一阵高似一阵，掀起层层气浪，冲击着四面八方。

窗户纸上，被冲开指头蛋那么大的一点窟窿；于是，气浪进来了，比锅盖大，比碾盘大。墙上挂的铜勺儿、笊篱、锅铲铲，一齐叮叮当当脆响。炕头上娃娃的尿垫子，被旋上窑顶又落了下来。灯被吹灭了。黑暗得就像蹈入死神的峡谷。

但是即便在这时候,我也不必惊慌,不必惧怕。我紧靠着乡亲们。我看见他们是镇定自若的。他们经历过不少这种险境,心中有数。窑洞是垮不了的。黄土就是护佑人们的铜墙铁壁,有时候比铜墙铁壁还要可靠些。

人们又说笑起来了,后生们跳了一阵又像秧歌又像迪斯科的舞蹈,缠着一个花白胡子老汉讲一段他进城买尼龙网兜的趣事。老汉不讲,他说他给大伙念一段古诗。他清了清嗓子,清了清拦羊回牛的嗓子,朗诵起来了:

清明时节雨沙沙,

路上行人该咋价;

借问酒家何处有,

牧童遥指在那达。

几个青年男女,还有两个毛圪蛋娃娃,一齐畅怀笑了起来。老汉感到十分欣慰。他前些年就念过这首诗,可是全村没有一个人感到好笑。老头对我讲,这说明了一个大问题。

这样说笑着直到晚饭时分,天才明亮了,喧嚣声才住了。我和乡亲们一起走出窑洞,眼见到处一片狼藉,唯有村头的大树虽然断了劲枝,却仍然像石崖一样高高耸立着,而碧草和田苗就像扑倒于血泊中的少女,正两手撑地挣扎着抬起身子,我的心头蓦然升起一股强烈的悲壮感。

那帮黑小子们、儿马们和叫驴们,终于裹进一股沙尘,逝去了,无声无息了。

河沟里有几摊棕红色的污泥。我忽然想到,它应该是那帮可恶的家伙遗落下来的。

它不像沤烂了的红袖章吗?

鸣沙山挟风行

◎匡文立

起风了。

你没法马上意识到这便是风。只感觉温热的沙粒无端地跳上赤裸的脚背,落下又跳上,毛茸茸的,有些受惊,有些顽劣又有些娇憨。你得承认拒绝不了的还有那晶莹的情态活泼泼的生趣,你忍不住与之应答,与之嬉戏,你想你偎傍着一片夕阳下的湖水。每一道波纹每一次闪烁无非自身生命在要求、在表现、在宣泄,全用不着光的炫耀,云的暗示,风月的启蒙。

高秋。河西的高秋。正是傍晚。好个无边的晴和干爽,好个透天透地的舒脱澄澈。

你没法不驻足片刻。片刻地,于晶莹的记忆活泼泼的感情中,拾回些什么,丢掉些什么。

你没法知道动荡何时到来,从何而来。你熟稔并且乐于使用的程序,层次和递进,在这个浑然,这个整体面前浅薄了、失色了。天动荡,天是色彩的动荡。湛蓝、澄黄、惨淡的白和凝重的昏黑成立体冲撞、交叠、晕染,旋转的经经纬纬转眼织得厚密。于是倾覆,于是跌落。你恐惧又期待,期待触摸那色彩倾覆时粗粝的质感,恐惧支撑那固体的向下跌落的空间;地也动荡,地是线条的动荡。沙梁惊觉了,低低嘶鸣着,自西向东扬起头颅,抖开鬃毛。它显得犹豫,它还不能断定是否真到了自己的时刻。你感受到它绷紧的躯体中,正惊涛似的掠过激情与不安,你想它再也压抑不住那个热切的回忆,那苦苦的渴念。哦,来自荒蛮,来自远古,来自自由与野性的积蓄、等待,爆发的痛苦欢乐与恣肆;你想它肌肉的沉默与战栗中,就要喷薄出力的呐喊,力的塑造。

不甘心坠落的日轮在眼前破碎。残片溅满沙海,千束万束吐不尽的余衷,网起红灼灼的光栅,弯曲地做最后的笼罩。

你可以说那是辉煌、是浩歌、是壮烈,你也可以说那是阴郁、是喘息、是绝望。

假如地球有过混沌,有过洪荒,这里便是了;假如宇宙至今仍在凝聚、解体、缩小或者膨大,此时便是了。天地原本浑然,物我原本同一。你失去方位、失去界限、失去稳定、失去凭依,你没法不觉得自己也是一个变形,一个动荡,一个瞬息,一个永恒了。

你在沙山脚下。你来得遥远,而且并不轻易。

你且慢沉湎。你得权衡你的向往、寻求、机会和日程。你不是只为了远远地观望,漫漫地狂想,静静地震撼。

你没法确定你此行巧还是不巧。你四顾茫然,荒诞地产生出末世之感。你和你的同伴,未必不是被隔绝被遗弃,未必不是这个觉醒抑或疯狂的星球上最后一批过客。

起风了。

无须征兆,无必铺垫,也不沾沾自喜地勾画来迹和去迹。它骄纵,它君临,它主宰,教你迷了视线,恍惚了行止,困窘了进退。教你由不得俯仰辟易,由不得失声变色。

你找不到世界也找不到自己。依赖别人脚印的人无措了,醉心自己脚印的人可怜了。你的灵魂轰鸣着风暴,大风暴的毁灭,创建彻底的袒露或者掩埋。你被威慑,你也被魅惑,你悲哀你狂喜;你面临风暴中沙山的行路了,前也茫然后也茫然,因你产生又因你消失,不是人生不是知识不是哲学,蔑视路的必然又嘲弄路的自由。

你看见有人踟蹰,有人掉头而去,有人咒骂、有人哭泣、有人祈祷了。你看见种种样样的本能,种种样样的选择。常识也吹乱了方寸,你心中躲躲闪闪浮出葬身于黄沙的商队,暴露于烈日的白骨了。还有那个苍凉的意象——"有个马车夫"……

你也有本能。你不乏明智。长存者山水,有限者风沙。置有限于长存,悦我心者,岂独今日之日?

你打算忘却,忘却这原是直上过孤烟迢递过烽火的地方,挥洒过花雨撞击过刀戈的地方,响着晨昏的驼铃,响着夜半的刁斗的地方,召唤古人召唤来者的地方;你打算满足,满足于为书桌点缀几丛饱染边塞诗情的芨芨草,从鞋底粘回的古道沙砾间拨拉戈壁大漠和长风、和征衣、和秦时明月汉时关,生发死亡、生发存在、生发历史、生发现实。

你的确险些忘却,险些满足。你来了,你未必不是真的厌倦了那起于青蘋之末,摇波弄影的纤柔情巧,不自甘于穿帘幕动,暗香摇落,春花秋叶的温软甜腻;厌倦却习惯,不自甘又无力弃绝。你是该踟蹰是该掉头,是该咒骂、祈祷、哭泣了。

你也许还在做稍许的瞻顾。那么,你还能看见也有人走向茫然,走向风沙。插得深深的双腿,踩牢动荡,踩牢已获得的高度,拱起脊梁,扎实地负一个向上的沉重,向上的愉悦。

你看见,那渐渐是个行列了。拖拖沓沓地松散杂乱,且缓慢得很,盲目得很,缺少布局,缺少呼应,缺少趋势。可你否定不了那是个行列。你宁愿否定你关于行列的经验和构想。你的全部身心正感知到一个全新的景观,一个只属于此时此地的景观,强烈的眩惑,强烈的提示。

你感知,你还困扰。你对此捉摸不定。你得等到有人真的在风与沙之上直起腰挥动手臂。你会看见那个平凡,一刹那超卓而且神圣,你清楚那是来自背景的渲染,心境的点化,来自临界,来自综合,来自特定。但你至少领悟了一种真谛、一种微妙、一种深刻,你依然为之感动、为之倾倒、为之迷恋,你的心也是风暴,也是沙海。

或许你于无意中早已迈出了关键的几步。于是你看见一条栈道,一条攀援者用攀援筑造的栈道。终点的确立,奇异地贯通了一个起点无数途径辐射开的所有盲目、所有分歧、所有杂乱,你不冥顽,你看见了精妙严谨的天然,随心所欲的完美。

你来不及思索这匠心,这造化,你自信仰或胆怯,你总之无法抽身、无法却步。你承担前面也承担后面,你未必有勇气有必要有权力停顿、中断和否定,你已经成就必须继续成就栈道的一个阶梯。

你深深插下腿,拱起脊梁。你也许很快也许很慢,你整个向沙山倾倒,大口大口吸进沙的玲珑,风的热烈。

起风了。

你身边有大块大块的黄昏飞驰。你分辨不出它们是占领还是逃遁。昼夜的门户大约早已坍塌,你的路上没有明暗、没有季节、没有时辰。

其实你的体验远不如对它的想象。这个差异你不陌生,只是你一时还未曾觉察。或者你有意忽略着。

你似乎连真实一起忽略了,任凭想象去驱驰体验,驱驰真真假假的歌哭悲喜,有有无无的生死善恶。你可能正是于真假有无之际,获得了体验的解脱,体验的升华。你的体验从未这般的新鲜、饱满、强烈。

你不再急于到达急于完成。不再急于放眼回首和证实。证实你的胜利你的征服。

你预感到胜利的虚无征服的寂寞。

你清醒,你却无法避免无法改变。你终于到达。你和所有人一样,最后一步总是举得太高落得太低。你突然失重,一刹那的超越,伴随一刹那的静止,一刹那的空白,风在脚下呼啸,沙在脚下飞扬,你不如说那是记忆的回声。你失去现实感了。

这一刹那不可思议。你头上依旧静静张着秋的寥廓、秋的凄清,你眼底依旧展开傍晚的恬淡、傍晚的慵倦。

你独立于寥廓,你独立于凄清。你的心也恬淡也慵倦了。其实你未曾虚无、未曾寂寞,只是你的征服稀释了,你的胜利变味了。

这次你真的彷徨无主了。

你懒得看风怎样消歇,沙怎样憩息。你不再感兴趣沙山雄伟还是平庸,也无心关注你的来路是否只铺着微微的倾斜小小的起伏。

你想你不如乘风归去。你有些沮丧有些惭愧。只是你并不遗憾。你领略过风暴,领略过风暴中的沙山,风暴中沙山的行路人。你领略过,你该记得那个动荡。动荡的色彩无法再现,因此也不会凝固、不会衰老;动荡的线条无法复制,因此也不会定型、不会僵死。

只要你永远不对自己、对世界说"不过如此",你就永远拥有那个瞬息、那个永恒了。

你在新月形的沙脊上。你滑下去,滑出一道无形的酣畅。同样不带走也不带来。

你从沙的新月奔向水的新月。带走一个默契吧。你们共同过一个动荡的梦境。

长安的风

◎韦昕

一年四季,我时时都沐浴在长安的风里。

最早留下深刻印象,数十年后似乎还能从皮肤上感觉到的是叫作寒风,也叫朔风的冬季的风。那风刮起来,呜呜地响,吹过树梢和电线杆时,又有一种长啸的哨音。人们拱腰缩背,关闭门窗,用棉衣棉帽把自己包裹起来。我刚上小学,从温暖的家里到空寂的街上,走进宽大的教室,那风针刺一样扎在脸上、手上。手背几天就红肿起来,妈妈做副手套让我戴上,到夜里一暖,那手背又丝丝发痒。那时,抗日战争已经开始,朔风起,送寒衣,在救亡歌曲声中,老师动员同学们捐献给前方战士。我年幼无知,却也明白在很远很远的地方,有许多许多士兵在打日本鬼子,风这么冷,他们一定需要棉大衣、棉手套吧!我从胡乱装着零碎东西的口袋里掏出一个大铜板来……

春天来了,积雪融了,房檐下挂着的冰溜子也化成水滴落下来。风还是凉沁沁的,棉衣没有脱,可是冬天已经慢慢退往北方去了。一天夜里,我骑着自行车在街上走,突然迎面的风不再针刺般扎人,它温柔得多了,暖暖的,软软的,轻轻抚着我的面颊。那一年我十多岁,觉着内心里从未有过的一阵喜悦,真想迎着远方的古老城楼大喊几声。第二天一早,那庭院内

风

一树桃花,灼灼开放,耀目的粉红色里透出点点绿色的嫩芽。怪不得把春风又称作和风、熏风哩!可是,春天的风偶尔也是凶暴的,前几年,一次我晨起隔着玻璃窗看见整个天空和四周的建筑物全是黄橙色的,绿树、草坪披上一层黄土,刷刷一阵急雨洒过,地面的黄尘里便出现密密麻麻铜钱大的水痕。街上的汽车电车开着大灯缓缓行驶,而航空的班机却停飞了,我负责陪同的一个美国作家访问团只好改乘火车去南方继续他们的旅程。事后获悉,那是横掠新疆、蒙古戈壁沙漠的劲风,把滚滚黄尘搬至高空,纵横数千里,遮盖了整个中国北部。当然,这是较少发生的,现今中国北部的绿化植树已经起了阻挡风沙的作用,处处可见的倒是儿童们扯着长线,把风筝送上春风习习的蓝天里。

天愈来愈暖,最后变热,剥脱了人们身上一切厚重衣服,只留下薄薄一层。炽烈的热风在城市沥青路面和水泥板屋顶上漫游。而田野里的农人们却希望一场雨后,好好曝晒几日,让小麦成熟得更好,籽粒更饱满。那热风似乎懂得人们的心意,纵情地吹动起层层麦浪。蚕老一时,麦黄一晌,小麦一片接着一片,说熟了就熟了。在还用镰刀的岁月里,这正是收割的好时节,热风停止了漫游,在镰刀触及麦秆的嚓嚓声里,田野裸露出广袤的胸膛。就是收割机突突鸣叫着驶向田野的今天,同样需要热风吹黄小麦的茎、叶和籽粒。不过,到了三伏天,那干旱的烤人的热风却不再是人们的好伴侣,而杨树、槐树林里清风徐来,倒令人心旷神怡,如饮醇醪,那是用糯米酿制而成的一种薄酒。

天高云淡,暑热消退,高空传来雁的鸣叫。它们排成人字队形,越过长安城头向南方翱翔而去。秋蝉从地下小洞里爬出,齐集树梢,吱吱欢唱,不久,蟋蟀也开始在夜深的草丛里轻吟。接着,那带着浓密雨意的西风便悄然降临,人说"长安自古西风雨",从印度洋、孟加拉湾汹涌而至的水汽,越过青藏高原,来到长安,化成雨滴,随着风势急急向大地飘洒,许多土墙、土屋、土崖经雨水浸泡,轰然倾塌,而大地却贪婪地吸吮着,以便迎接冬小麦的播种和萌芽。风雨停歇,在中午的暖风里,玉米、谷子变得金黄,高粱红了籽粒,不怕早晚寒意的菊花或黄,或红,或白,灿烂怒放。在登高远望的季节,伴随着皎洁的圆月,秋风如同行吟的诗人,抒发着绵绵的离愁别绪和浓浓的乡情。

　　风愈来愈冰凉、凛冽,秋意远去。距离长安南边三十公里的秦岭山脉,失去了郁郁葱葱的深绿,变得黑黝黝的。树叶已经枯黄,猛然一夜寒风,那还残留着的叶子纷纷飘零而下,只剩下稀疏的枝条直指空寂的天穹。我不由自主地慨叹:"昨夜西风凋碧树……"可是,那苍老、干枯、灰暗的树干和枝条里,生命仍顽强地坚守着。冬天来了,又一个春天的风就不会太远……

　　地处大陆深处,属季风气候区的长安,也就是现在的西安,四季就这样分明地循环不已。短期来访,将不会领略到不同季节的风味,然而另一种风却可能令你惊讶,那就是:古城墙内外,纷纷拔地而起的高楼大厦和星级饭店,伸展长长手臂的立交桥,向远方延伸的高等级公路,白日车流滚滚,隆隆不绝,夜间灯火璀璨,色彩晶莹,西安人衣着华美,脸色更开朗……这就是现代化的风,建设的风,更加强劲而厚重……

这是风刮的

◎徐志摩

　　本来还想"剖"下去,但大风刮得人眉眼不得清静,别想出门,家里坐着温温旧情吧。今天(四月八日)是泰戈尔先生的生日,两年前今晚此时,阿琼达的臂膀正当着乡村的晚钟声里把契玦腊围抱进热恋的中心去,——多静穆多热烈的光景呀!但那晚台上与台下的人物都已星散,两年内的变动真数得上!那晚脸上搭着脂粉头顶着颤巍巍的纸金帽装"春之神"的五十老人林宗孟,此时变了辽河边无骸可托无家可归的一个野鬼;我们的"契玦腊"在万里外过心碎难堪的日子;银须紫袍的竺震旦在他的老家里病床上呻吟衰老(他上月二十三来电给我说病好些);扮跑龙套一类的蒋百里将军在湘汉间亡命似的奔波,我们的"阿琼达"又似乎回复了他十二年"独身禁欲"的誓约,每晚对着西天的暮霭发他神秘的梦想;就这不长进的"爱之神"依旧在这京尘里悠悠自得,但在这大风夜默念光阴无情的痕迹,也不免滴泪怅触!

　　"这是风刮的!"风刮散了天上的云,刮乱了地上的土,刮烂了树上的花——它怎能不同时刮灭光阴的痕迹,惆怅是人生,人生是惆怅。

　　啊,还有那四年前彭德街十号的一晚。

　　美如仙慧如仙的曼殊斐儿,她也完了;她的骨肉此时有芳丹薄罗林子里的红嘴虫儿在徐徐地消受！麦雷，她的丈夫，早就另娶，还能记得她吗？

这是风刮的！曼殊斐儿是在澳洲雪德尼地方生长的，她有个弟弟，她最心爱的，在第一年欧战时从军不到一星期就死了，这是她生时最伤心的一件事。她的日记里有很多纪念她爱弟极沉痛的记载。她的小说大半是追写她早年在家乡时的情景；她的弟弟的影子，常常在她的故事里摇晃着。那篇《刮风》里的"宝健"就是，我信。

曼殊斐儿文笔的可爱，就在轻妙——和风一般的轻妙，不是大风像今天似的，是远处林子里吹来的微喟，蛱蝶似的掠过我们的鬓发，撩动我们的轻衣，又落在初蕊的丁香林中小憩，绕了几个弯，不提防地又在烂漫的迎春花堆里飞了出来，又到我们口角边惹刺一下，翘着尾巴歇在屋檐上的喜鹊怯的一声叫了，风儿它已经没了影踪。不，它去是去了，它的余痕还在，许永远会留着：丁香花枝上的微颤，你心弦上的微颤。

但是你得留神，难得这点子轻妙的，别又叫这年生的风给刮了去！

柔和的风

◎王统照

　　冬天早过了，春天也快要逝去。朋友，你觉得这地方上有一丝丝的柔和的风吗？

　　没有震雷；没有霜雹；也没有暴雨，空间正如空间的天气一样，郁闷、焦烦，就是一丝丝的凉风也没从江潮上掠过来。

　　但四围的烈风、雷、雨，却正冲打着岛上流人的心潮。

　　虽然暂时在人间似不再需求"柔和的风"，拂面，醉心，好继续意想中的春梦。但，盼望烈风、雷、雨投来一片光华的闪电，映着土陇、郊原、篱落、水湾、茅屋，——各个地方的苦难者的灵魂，引导他们往胜利的天国。

　　到那边才真有"柔和的风"在血华的面容上吹拂着。

風

西湖的风

◎柯灵

　　地上的乐园早经失去，人间的天堂都已毁灭……

　　我们的艺术家常常精通商业三昧；而商人却总兼有着名士才情。多谢那一片玲珑心机，如今我们闲情的士女，只要略略破费，在"孤岛"上也得从容地欣赏沦陷了的西子风光了。

　　哦，这一带木头的雉堞，俨然是杭州城廓，围着一片扰攘与太平。灵隐古刹也建立在缭绕的脂粉香中了。虽然缺少些参天的古木，四周未凋的绿树，在游客的心里也该有些凉意？这里是紫霞洞，过去点儿还有飞来峰，人工的堆砌也居然不缺乏丘壑之胜；小沟里一样浮着游艇，且有着比湖上更加美艳的船娘。"三潭印月赏中秋"，难得是团圆佳节，先别管世乱年衰，万人失所，我们也得有一夜狂欢。你看这电炬下的长堤蜿蜒，楼台隐约，这一池子的水还不够我们幻想的游泳吗？……

　　伟大的匠心！先生，你们真使我不能咽下这一声赞叹了。

　　可是，我这不懂风雅的俗人，却无端地引起了忧烦。你自然不会知道，我的家正在浙东，离钱塘江还不到百里，离乡和还乡那是道必经的津梁。在义渡的木船上望着连天烟水，我曾多少次因为出游和还乡的喜悦，在心里亲切地叫着它的名字，像叫着久别的亲友。去年秋天，钱塘江上架起了钢铁大桥——那是个稀有的大工程，国家为它耗费过巨量的物力，无数人为它流汗,千余个工友因为工作被夜潮卷去。——火车可以从上海一直通到我们故乡了……可是谁知道现在成了什么样子?桥呢,毁了,当然。我想得出那残断的骨架,在呜咽的江声中傲然独对西风。堤岸寂静,除却天边的云树,沙滩上的铁蒺藜,江上失去了白色的帆影,岸畔也不见一个行人。夜来了,涛声拍岸。子夜的潮头狂怒地涌起,迎着下弦的月色,唱出它满腔悲愤。

自然你更不知道,杭州城里有着不少我的故旧和新知,湖上也曾有我繁密的屐痕,如今我还摸得出那一把欢喜与哀愁。杭州的街道在喧扰中也有着平静,一道柳荫掩映。只能给少妇在岸边捣衣的浣沙溪,象征着的正是杭州的情调。西湖是杭州人的骄傲,那一湖的烟波,一堤的细柳,一带的层峦,诗人为它们倾倒,阔客为它们一时间也起了闲逸的心。而杭州人是吃了麦稀饭也得饿着肚子上西湖闲散的。这些平静惯了的人们,平常我讨厌他们,这一会却有了衷心的怀念。美色对于女人,在乱世只是一面招揽暴客的酒帘,秀丽的湖山胜迹,在炮火下更不堪闻问,西湖的劫数,谁又能够想象呢?前夜有客自湖畔来,问起消息,他只有摇头与叹惋。眼睛泫然了,可是射出来的是愤怒和复仇的光。他说一切伤心都无从说起。

聪明的先生,我真佩服你们的机智。可是人们的思想是奇怪的,你看,我的思路这一下子被引得多么辽远?湖山如梦……说真的,一切到过杭州的人,他记忆里的湖山比你们创造的世界更阔更美。而现在西湖的风里是夹着血腥气的,我们闻得出。湖畔的一根草一朵花,我们也应当看得出那含愁的颜色。

告诉我,先生,我们几时能够到真的西湖,去看看那无边的烟水,或者,你可以告诉我们一点湖畔的真的消息吗?

1938 年 10 月 18 日

風

北风

——纪念诗人徐志摩

◎苏雪林

　　天是这样低，云是这样黯淡，耳畔只听得北风呼呼吹着，似潮，似海啸，似整个大地在簸摇动荡。隔着玻璃向窗外一望，哦，奇景，无数枯叶在风里涡漩着，飞散着，带着癫狂的醉态在天空里跳舞着，一霎时又纷纷下坠。瓦上，路旁，沟底，狼藉满眼，好像天公高兴，忽然下了一阵黄雨！

　　树林在风里战栗，发出凄厉的悲号，但是在不可抵抗的命运中，它们已失去了最后的美丽，最后的菁华，最后的生意。完了，一切都完了！什么青葱茂盛，只留下灰暗的枯枝一片。鸟的歌，花的香，虹的彩，夕阳的金色，空翠的疏爽……都消灭于鸿蒙之境。这有什么想法？你知道，现在是"毁坏"统治着世界。

　　对于这北风的猖狂，我蓦然神游于数千里外的东北，那里，有十几座繁荣的城市，有几千万生灵，有快乐逍遥的世外仙源岁月，一夜来了一阵狂暴的风———一阵像今日卷着黄叶的风——这些，便立刻化为一堆破残的梦影了！那还不过是一个起点，那风，不久就由北而南，由东而西，向我们蓬蓬卷地而来，如大块噫气，如万窍怒号，眼见得我们的光荣、独立、希望、幸福，也都要像这些残叶一般，随着五千年历史，在恶魔巨翅鼓荡下归于消灭！

有人说,有盛必有衰,有兴必有废,这是自然的定律。世无不死之人,也无不亡之国,不灭之种族。你试到尼罗河畔蒙非司的故地去旅行一趟。啊! 你看,那文明古国,现在怎样? 当时 Cheops, Chephren, Mycerinus 各大帝靡费海水似的金钱,鞭挞数百万人民,建筑他们永久寝宫的金字塔时是何等荣华,何等富贵,何等煊赫的威势。现在除了那斜日中,闪着玫瑰色光的三角形外,他们都不知哪里去了! 高四四米突、广一一五米突的 Ammon 大庙,只遗下几根莲花柱头,几座残破石刻,更不见旧日的庄严突兀,金碧辉煌! 那响彻沙漠的驼铃,嗫嚅在棕榈叶底的晚风,单调的阿拉伯人牧笛,虽偶尔告诉你过去光荣的故事,带着无限凄凉悲咽,而那伴着最大的金字塔的 Giseh,有名的司芬克斯,从前最喜把谜给人猜,于今静坐冷月光中,永远不开口,脸上永远浮着神秘的微笑,好像在说这个"宇宙的谜"连我也猜不透。

　　你再试到幼发拉底斯、底格里斯两河流域间参观一次,你将什么都看不见,只见无边无际的荒原展开在强烈眩人的热带阳光下。世界文化摇篮——美索波达尼亚——再不肯供给人们以丰富的天产;巴比伦尼尼微再不生英雄美人,贤才奇士;死海再不起波澜;汉谟拉比的法典已埋入地中;亚述的铁马金戈,也只成了古史上英豪的插话。那世界七大工程之一的悬空花园,那高耸云汉的七星庙,也只剩下一片颓垣断瓦,蔓草荒烟!

　　试问你希腊罗马,秦皇汉武,谁都不是这样收场呢? 你要知道,自从这世界开幕以来,已不知换了多少角色,表现无数场的戏。我们上台后或悲剧,或喜剧,或正剧,粉墨登场,离合欢悲地闹一阵,照例到后台休息,让别人上来表演。我们中华民族已经有了那么久长的生命,已经向世界贡献过那样伟大的文化,菁华已竭,照例褰裳去之,现在便宣告下台,也不算什么奇事,难道我们是上帝赋以特权的民族,应当永久占据这个世界的吗?

这话未尝不对,但是……

我正在悠悠渺渺胡思乱想的时候,忽听有叩门的声音,原来是校役送上袁兰子写来的一封信。信中附有一篇新著,题曰:"毁灭",纪念新近在济南飞机遇难的诗人徐志摩。她教我也做一篇纪念文字。

自数日前听见诗人的噩耗以来,兰子非常悲痛,和诗人相厚的人也个个伤心。但看着别人嗟叹溅泪,我却一味怀疑,疑心诗人并未死——死者是别人,不是他。他也许厌倦这个世界,借此归隐去了。你们在这里流泪,他许在那里冷笑,因为我不相信那样的人也会死,那样伟大的精神也是物质所能毁灭的。不过感情使我不相信他死,理性却使我相信他已不复生存了。于是我为这件事也有几个晚上睡不安稳,一心惋惜中国文学界的损失!

我和诗人虽无何等友谊,对于他却十分钦佩。我爱读他的作品,尤其是他的散文。我常学着朱熹批评陆放翁的口气说他道:"近代唯此人有诗人风致。"现在听了他遭了不幸,确想说几句话,表示我此刻内心的情绪。但是,既不能就怀旧之点来发挥,又不能过于离开追悼的范围说话,这篇文章应当如何下笔呢?再三思索,才想起了对于诗人的一个回忆。好,就在这个回忆里来追捉诗人的声音笑貌吧……

距今两年前,我住在上海,和兰子日夕过从,有时也偶尔参与她朋友的集会。第一次我会见诗人是在张家花园。胡适之、梁实秋、潘光旦、张君劢都在座。聚会的时间很匆促，何况座客又多，我的目力又不济，过后，诗人的脸长脸短，我都记不清楚。第二次，我会见诗人是在苏州。一天，二女中校长陈淑先生打电话来说请了徐志摩先生今日上午九点钟莅校演讲，叫我务必早些到场。那时虽是二月天气，却刮着风，下着疏疏的雨，气候之冷和今天差不了许多。我到二女中后，便在校长室中，和陈校长、曹养吾先生三人，等待诗人的来到。可是时间先生似乎同人开玩笑：一秒，一分，一刻过去了，一点过去了，两点也过去了，诗人尚姗姗其来迟。大家都有些不耐烦，怕那照例误点的火车又在途中瞌睡，我们预期的耳福终不能补偿。何况风阵阵加紧，寒暑表的水银刻刻往下降，我出门时，衣服穿得太少，支不住那冷气的侵袭，冻得发抖，只想回家去。幸而陈校长再三留我，说火车也许在十一点钟到站，不如再等待一下。我们只好忍耐地坐着，想出些闲谈来消磨那可厌的时光。忽然门房报进来说，徐志摩先生到了。我们顿觉精神一振，竟不觉手舞足蹈，好像上了岸干巴巴喘着气的鱼，又被掷下了水，舒鳍摆尾，恨不得打几个旋，激起几个水花，来写出它那时的快乐！

我记得诗人那天穿着一件青灰色湖绉面的皮袍，外罩一件中国式的大袖子外套。三四小时旅程的疲乏，使他那双炯炯发亮，专一追逐幻想的眼睛，长长的安着高高鼻子的脸，带着一点惺忪睡意。他向陈校长道迟到的歉，但他又说那不是他的罪过，是火车的罪过。

学生鱼贯地进了大礼堂，我们伴着诗人随后进去。校长致了介绍词后，诗人在热烈掌声中上了讲坛。那天他所讲的是关于女子与文学的问题。这是特别为二女中学生预备的。

他从大衣袋里掏出一大卷稿子，庄严地开始诵读。到一个中等学校演讲，又不是莅临国会，也值得这么预备。一个讽嘲的思想钻进我的脑筋，我有点想笑。但再用心一听便听出他演讲的好处来了。他诵读时开头声调很低，很平，要你极力侧着耳朵才能听见。以后，他那音乐一般的调子，便渐渐地升起了，生出无限抑扬顿挫了，他那博大的人格，直率的性情，诗人的天分，都在那一声一韵中流露出来了。这好似一股清泉起初在石缝中艰难地，幽咽地流着，一得地势，便滔滔汩汩，一泻千里。又如他译的济慈《夜莺歌》，夜莺引吭试腔时，有些涩，有些不大自然，随即一声高似一声，无限变化的音调，把你引到大海上，把你引到深山中，把你引到意大利蔚蓝天宇下，把你引到南国苍翠的葡萄园里，使你看见琥珀杯中的美酒，艳艳泛着红光，酡颜的青年男女在春风中捉对跳舞……

他的辞藻真繁富，真复杂，真多变化，好像青春大泽，万卉初葩，好像海市蜃楼，瞬息起灭，但难得他把它们安排得那样和谐，柔和中有力，浓厚中有淡泊，鲜明中有素雅。你夏夜仰看天空，无数星斗撩得你眼花历乱，其实每颗的距离都有数万万里，都有一定不错的行踪。

若说诗人的言语就是他的诗文，不如说他的诗文就是他的言语。我曾说韩退之以文为诗，苏东坡以诗为词，徐志摩以言语为文字，今天证明自己的话了。但言语是活的，写到纸上便滞了，死了。志摩的文字虽佳，却还不如他的言语——特别是诵读自己作品时的言语。朋友，假如你读尽了诗人的作品，却不曾听过诗人的言语，你不算知道徐志摩！

一个半钟头坐在空洞洞的大礼堂里，衣服过单的我，手脚都发僵了,全身更在索索地打战了,但是,当那银钟般的声音在我耳边响着时,我的灵魂便像躺上一张梦的网,摇摆在野花香气里,和筛着金阳光的绿叶影中,轻柔,飘忽,恬静,我简直像喝了醇酒般醉了。这才理会得"温如挟纩"的一句古话。

风定了,寒鸦的叫声带着晚来的雪意,天色更暗下来了。茶已无温,炉中余炭已成了星星残烬,我的心绪也更显得无聊寂寞。我拿起兰子的《毁灭》再读一遍。一篇绝妙的散文,不,一首绝妙的诗,竟有些像诗人平日的笔意,这样文字真配纪念志摩了。我的应当怎样写呢?

当我两眼痴痴地望着窗前乱舞的黄叶时,不由得又想:国难临头,四万万人都将死无葬身之所,我们哪能还为诗人悲悼?况我已想到国家有亡时,种族有灭日,那么,个人寿数的修短,更何必置之念中?

况早死也未尝不幸。王勃、李贺、拜伦、雪莱,还有许多天才都在英年殂谢,而且我们在这样的时代,便活到齿豁头童有何意味。兰子说诗人像一颗彗星,不错,他在世三十六年的短短的岁月,已经表现文学上惊人的成功,最后在天空中一闪,便收了他永久的光芒,他这生命是何等地神妙!何等地有意义!

"生时如虹,死时如雷",诗人的灵魂,你带着这样光荣上天去了。我们这个拥有五千年历史的伟大民族,灭亡时,竟不洒一滴血,不流一颗泪,更不做一丝挣扎,只像猪羊似的成群走进屠场吗?不,太阳在苍穹里奔走一整天,西坠时还闪射半天血光似的霞彩,我们也应当有这么一个悲壮的收局!

北
风

北风

◎黄裳

　　很久没有听到那地方的消息了，自从一个暴风雨来临前的日子我匆匆地离开了她。近来也只是在报上的角落里，看见一星半点儿关于她的消息，我是多么珍重着这些呢，虽然只是一些勾勒，也能触起我的一些轻微的怀想。一些旧了模糊了的影子，又重新明晰起来了。

　　在那个地方，我是默默地度着寂寞的光阴的。然而虽在常常有着明朗的天气的地方，也会不时地来个风暴；气压是愈来愈高了，人们自然会觉得的，像在一条明澈的小河里的石子，在晴天的时候，静静地卧在沙上，照着太阳反射出晶莹的光来。忽然来了阵雷雨，在平静的河床里激动了起伏的高潮，那些做着安适的梦的石子，也会跳动起来的罢？自从那已经熄灭了的火炬，又被一些年轻的人重燃起来后，这气流很快便传到了四面八方。埋头在坟墓般的图书馆里过着生活的我们，也像些河床里的小石子被一个浪花惊醒了他们的梦，将自己的生活和这大时代联系了起来。

　　近来从报上又知道那地方是下了大雪了。多么熟的记忆呢？即使只闭起了眼睛就会记起来的罢？西北风的吼声就像受了伤的野牛在狂叫，把房子也要吹起来似的。随着还卷来一天的白雪，整个的世界都白白的，像雕刻家没有动手以前的一块白玉的形体。

就在这样一个天气的夜晚。四五百人穿过了黯黑的荒野，迈着不曾走过的路径，到一个较偏的车站去，准备着乘了不防就可以抢登了一节车到南京去。这是多么难实现的梦想呀？然而现实却敌不过天真的火样的意志，终于在车站的站台边散开候着了。还只是穿了薄薄的制服呢，一个个倚了站台边的木栏望着迢迢的远方。希望着会出现一个"亮"，渐渐变大，变成个黑大的怪物，发着吼声，带了我们到那充满着光亮的迢迢的地方去。

迎面吹来的都是西北风，那是十二月从极北地方吹来的风呀，想象着便会使人身上战栗的。不是每人有着一颗炽热着的心，也许都冻僵了不能转动的罢？然而天真却是要被玩弄的。站长打了电话去，车子不敢开来。一夜的盼望是空劳了。虽然坐不成车，却还有着两根麻木了的腿；于是都挟了个转动不灵的身子，开始了迢远的征程。就在这次，我十分明白了柳永的"杨柳岸晓风残月"的滋味，难得有这样一个机会和沿堤的两行萧疏的野柳。可是后来看见上海报纸上说我们是为了呼吸新鲜空气才开始这个长征的，却觉得有些惘然了。

也许我的记忆总是和风风雨雨分不开的罢？我又想起了怎样离开她的一幕了。这又是用黄昏和风雨做背景的场面。时间是夏天，作为雷雨的预兆吹着的一阵阵黄风，卷暗了半个天。黄昏的来临，因为这更提早了一个钟点。为了惜别，我是准备了看过一场电影才离开的。影片已经不记得了，总之是抒写着离情别绪的。怀了同样的心情从影戏院里出来，我惊异着天气晚得那么快，为了赶车，来不及吃饭就跳上一部车子去了。等车夫问我的目的地时，我习惯地回答着那总站的名

北
风

字。半小时后,我蹒跚地向了车站门首走过去。奇怪地看不见一个旅客。最后却突然遇见了一把突出的刺刀,我望了那狞笑的面孔赶紧回头,又跳上了老车子去赶"新站"去。风越刮得大起来了,暴风雨立刻就要来临。这时我怀着颗忐忑的心,挂念着会误了车。一路经过都是极熟了的地方,熟得闭起眼睛来猜已经到了哪里都不会使我失望。薄暮的风沙,像罩了层雾在大地上。车站里几点晕黄的灯亮,看见了的喜悦就像在沙漠里寻着了绿洲。通车在五分钟后开动,在挤得动也不能动的情况之下,向她亲切地道了别。一点点地远了,一片晕黄光罩着的地方,几年来的游钓之地。

这些虽然都是些看了使人感到轻微不舒服的事情,然而相反地我却常常在这里寻出温暖来,像还不曾熄灭的火种,得了些新的氧气就又熊熊地燃起来了。在报上的确也不少看见有星星之光在那里燃烧着。火种是不会断而又渐渐地加多了,心里总是这样欣喜着。我祝她在烽火里成长,结实。这为北风和白雪包围得严严密密的地方。

北风

◎斯好

上午,北风呼号肆虐,一副蛮横无理、烧杀掠夺的气概。裹着一件大棉衣,蜷在沙发上勉力要看书,看到的却只是从门框里窗缝中墙隙里钻进来、在屋里旋转翻飞的风。我知道事实没有这么严重,但是缩在沙发上手脚冰凉意气沮丧的我看到、听到、感觉到的全是风、风、风。

于是丢开书本,探出身子到书桌上摸来一支笔、两张纸。把纸铺在书本上,我惊讶地看见自己写下几个字:

告饶书

我不知道为什么会想起这个词,为什么会突然生出一种告饶的冲动。也不知道我是想向谁告饶,怎样告饶。

于是静静注视自己,静静地等待答案。

钢笔继续移动起来,沙沙沙的。满屋旋转翻飞的风似乎暂时止住了,窗外则仍然呼号肆虐,不依不饶。

你们看重的,我并不看重,你们想要的,绝不是我想要的。人是真的很不相同的。

生活中对你们来说不可缺少的调味品,那种呛人肺腑的辛辣,那种富于刺激的磨刀霍霍,寒光闪闪,那种鸡零狗碎的你长我短,你争我斗,我是多么厌倦啊。

而且我不止无力抵挡,我根本就没有心思抵挡。在你们兴味十足地去拿这个,拿那个,并且因此东长西短,大动干戈的时候,我正缩在沙发上构想一种结果。不,更确切些说,正缩在沙发上一边构想结果,一边艰难地、迟缓地和这种构想搏斗。

我请求你们了解:你们有意用来对待我的种种只会是无端的浪费。我不是不战自降的,而是根本就不和你们在一个竞技场。我的竞技场是在我自己体内的,那里一方是流逝和死亡,一方是创造与生命。

我不由自主地写下这些。虽然我知道这很幼稚,也很无力和苍白,但是狂风裹挟着我,我已经失去意志了。

只是我不太有把握把它寄给你们。正像我不太有把握与自己的搏斗能支持多久。如果这呼号肆虐的北风无休止地呼号肆虐下去的话。

我只是想知道自己此刻害怕什么,想说什么,我就用笔把它显现出来了。

或许下意识里我以为说出来就会好起来?

或许这支沙沙移动的笔只是一种无意识动作?

总之我想它大概真的可以算一份告饶书呢。

钢笔不再移动了,它用一种躺下的姿势告诉我它要说的已经说完。

我推开膝头的笔和书,走到书桌前,取了一个信封,将写下的纸片装进去,在上面郑重地写下:致同志们。然后推开阳台的门,站到肆无忌惮的狂风里。在狂风里我想了想,终于抬起手,看着白色信封里的怯弱的宣言,在风里翻飞跌宕,时高时低地飘走了。

深秋的北风

◎许觉民

　　我与尹君认识多年,我痴长他三十岁。我们是忘年交。他是一个工人,平时喜欢看书,常到我这里来坐坐,临走时借几本书。他每次来多半是星期日,这天是星期四,上午他就来了。我觉得很难得,问他今天怎么有空了,他笑着说,现在是长期休假。我不懂,他腼腆地轻声说:我下岗了。

　　我说,下岗有什么关系,慢慢再找事做。过了一会,他叹口气说,总有些见不得人。我站起来说,有什么见不得人,又不是你一个人下岗,再说又不是你的过错,男子汉要硬朗些。

　　他又叹了口气说,别的人倒没有什么,我觉得妻子对我冷淡了不少,我说我下岗了,她毫无表情,只是淡淡地答应一声"哦",没有别的话,接着她就到医院上班去了。我心里不好受,我成了家里的一个包袱,要老婆养我了。女儿好像也躲着我,她快读完初中了,她懂事了。我觉得她们都看不起我,我好像顿时矮了半截儿,总有点抬不起头。

　　我对他说,不会的,她们并没有说什么看不起你的话,你现在重要的是找工作做。他点点头。

　　这期间,他在外面到处跑,市公汽公司招考司机,他学过开车,可应试后没录取。满街有招工的告示,可要交保证金,

风

他交不起。他来看我时一脸愁容,我劝他不要灰心,再继续找最要紧。

那天,他兴冲冲地走来告诉我,他已买下了一辆旧的平板车,打算到批发站去拉些水果,弄个执照在路口摆个水果摊,他计算了,是有些利润的。他这一说,我大为赞成。他说还缺点钱,我说我也来凑一点给你。

第二天下午,我有点憋不住,想去看看他的摊子。到路西口,我看见了,在墙边摆开了平板车堆着水果,他笑嘻嘻地递个梨给我吃,我说不行。接着来了顾客,我看还有点儿生意。

北京的天气有点儿像大官,翻脸不认人。这天忽然来了寒流,刮七级风,是深秋了,也该冷了,但昨天还是热烘烘的,变得真快。风刮得大,我不敢出门,但心里念着那位忘年交,我决定去看看他。到那里,大风中他依然守着摊子,行人稀少,看来是该收摊了,他不收。我上前问他,他说刮些风算什么,它刮它的,我卖我的,显出一副满不在乎的样子。正说着,一个妇女走过来,冲着他说要一斤苹果。定睛一看,原来是他妻子,后面还跟着女儿。他皱着眉头咕哝了一句,意思是说开什么玩笑。他妻子从提包里拿出一件棉背心,要他穿上,他说不冷,妻硬要他穿,女儿说,你不穿我们不走。他穿了。这时一阵大风,吹得人直晃。他妻子说,风这么大,回去吧。他不肯。女儿说,你不收摊子我们也不走。他说,今天还没有挣多少,我不能坐在家里吃饭。他妻子上前一步说,我几时跟你分家了?你有困难,有我;我指不定什么时候有困难,那时有你。现在这大风,你该收摊回家,不要讲这些。他说,不行,我要从这个摊子上撑起这个家来,我不能走,我不能总是只吃你的。

再说,我还要用这个摊子,筹措女儿上高中的学费……

他两手撑着摊子,一动也不动。他的妻子这时眼圈红了,柔情地望着他;女儿在边上也呜呜地哭了起来……

这时,风越刮越大。

风

悲风曲

◎丽尼

　　风啊,吹着罢,吹着我妹妹底坟墓。

　　啊,风是吹着了在我妹妹底坟上啊!

　　她如今死去了,风呀,她再不能随着你而歌唱;她底伤心,如今已经沉寂了在黑暗的土地啊!

　　你呀,旋舞着而来的,你是去报告她以残暴的消息的么?你呀,吼啸着而来的,你是去报告她以屠杀的消息的么?

　　啊,如今,荒原上已经没有人影了呀,只有她底羊儿是在鸣风之中哭泣着的啊!

　　啊,如今,荒原上已经是昏暗起来了呀,只有她底孤坟是独立着的啊!

　　草儿摇动了,感觉得死亡将要到了呀!

　　风啊吹着罢,我妹妹如今已经不能哭泣。

1930 年 9 月

秋风偶感

◎徐懋庸

　　世乱年荒，穷人们是没有活命的方法了。论地方，都市里的人们道是乡下还有饭吃，想回去，乡下的人们却以为都市里还有饭吃，要出来，两边跑来跑去，其实是彼此一样。被今年的旱灾一逼，从乡下跑到都市的人比较更多了。最近是连我的亭子间里，也到了想在上海找工作做的三个男女。

　　在现在的上海，是否能够找到工作，且不管他，单是这三位乡亲的目前的食宿问题，已经太难解决了，他们当然不会带有很多的钱，在没有找到工作以前，要他们自己租屋住，包饭吃，那是万万不能的，然而我的亭子间又这么小，一起四个男女，实在没有法子住，而且要我骤然多付三个人的饭钱，实在也很不容易，我一面心里急着，一面看着他们的愁眉苦脸，愈加想不出办法了！

　　为了把头脑弄清爽些；独自出了昏闷的亭子间，在马路上踱着，继续盘算，无意中看到一处衖堂口的垃圾桶，忽然想起了古时希腊的哲学家迭奥琴尼(Diogene)的故事，这个古怪的哲学家，是没有家屋的，他每天栖身之所只是一只桶。

　　"一只桶！"我因而想到，倘若上海的垃圾桶里可以住人，那么我的三位乡亲的住处不是有了办法吗？然而，这到底也是不可能的，垃圾桶是容纳垃圾的，人们呢，倘不住房子，就只好困马路了,可是天气已转到秋凉,困马路也不行了。

迭奥琴尼还有一桩故事,是这样的:他虽然没有家屋,但是还有一只喝水用的杯子,有一天,他走到一条小溪的旁边,看见一个牧童,用手掌掬了水在那里喝,于是,他就把自己的杯子丢碎了,说道:"这个牧童给我一个教训,我原来还有一件多余的东西!"

从这故事,我又想到,像现在这样生存困难的时代,人们不也可以把生活上的一切必需品节减成非常简单?没有房子住,就住山洞,没有布衣穿,就用树叶围,没有谷物吃,就茹毛饮血……事事返于原始的状态,岂不是容易生存了吗?也许,造成现在这样的生存的困难的状态的,就是人们的享受太多,自然界来不及供给的缘故罢?但是,仔细想来,现在的穷人们的享受,正比原始的人们多得无几,而自然界所供给的财富,却比原始时代多得不可计算,然而,在今日这样财富的生产中,竟有多数人不能生活,这病根到底在哪里呢?

我忽然记得,在山川均的《社会主义讲话》这本书中,有如下的一段话可以解答这问题:

"地上起着寒风的时候,上空却无风,海面东流,海底却仍其旧,不受东流的影响。同样,社会的大多数人收入激减,生活低降之时,同社会的或一部分的人,收入却增加着,试看一九二九年度的个人所得税额,著名的富豪之所得,差不多是无例外地增加的,今天的新闻中载着:一个失业的人,因为饿不过,把摆在食物店门口的食品抓了一把来,仔细一看,却是做广告用的食品的模型,这件又滑稽又悲痛的事实,简直像个笑话,在都会里,有因强夺一文钱而被判三年徒刑的失业者,在穷困的农村中,有因没有柴烧,于是由一村的诸部落,各抽两个牺牲者,去盗伐森林的地方,然而,现世之中,并非处处都是这般光景,开销到十万圆以上的婚礼,自去年以来,屡见不鲜,'今日,从八万圆到十万圆以上高价的首饰,已不算稀罕';'出入于社交界的妇人,头上左边戴着一二万圆的宝石';'一个女人,五六万圆的东西,要算最普通。豪富的小姐,指上几万圆,头上几万圆的宝石,常光辉照人';'某百货店,一万圆的钻戒,一日售去四个,千圆左右之钢琴,一日售去三架'……像这样,现在的社会——假定财富是社会的血——其全体日益贫血,血液都集中到身体的极小的一部分,成为可怕的局部充血,这实在是个危险的病症,但在现代的社会生活中,对这症状,实无可奈何。"

倘在一处只好放五十头牛的牧场上放着一百头牛,那就要招祸出来,这是每个农夫完全熟悉的一点知识,若在一处只能容十万人的地点而聚集着一百万人,那就要产生人口过剩,贫穷和无谓的苦痛,这也是谁都知道的,然而,现世界的情形并不是这样,我们的世界,是本好放一百头牛的牧场,却被十头牛占了九十头牛的地位,于是其余九十头牛就只好在十头牛的地位上拥挤;我们的世界,是本可聚集一百万人的地点,却被十万人占了九十万人的地位,于是其余的九十万人就只好在十万人的地位中挣扎,因为这样,纵然人类的共同的养母——自然——纵然更慷慨一点将无穷的富源供给她的子民,但是多数的人类依然不能生活的。

"然而,"记得房龙教授曾说,"这样的错误,还不能算是我们无数错误之中最严重的,我们还有一种地方开罪我们这位慷慨的养母,一切活的有机体之中,唯有'人'是仇视他的同类的,狗不吃狗,老虎不吃老虎,甚至那可厌的土狼,其同类间也是和平地相处的,但是'人'要仇恨'人','人'要杀'人',且在今日的世界,每个民族所最关心的任务,就是准备将来再去屠杀它的邻人。"

啊啊!人类的错误,社会的矛盾,一至于此!现世界的多数的民众,都在水深火热之中,找不到工作,没处可食宿的岂止我这三位乡亲?而无力帮助他人的穷困的,又岂止我一个人呢?

"倘若社会关系永远不变革,人类意识永远不改造,那么我们的这个世界的悲剧,正不知还要演出多少惨怖的场面来呢?"

在马路的秋风中,我低着头胡想,这时横在我的心头的问题,已不是我那三个乡亲的目前的问题而是全人类的将来的问题了。

在秋风里

◎洪为法

　　窗外的一株梧桐树，近来已有些枯黄。"一叶落而知天下秋"，毕竟他也同蒲柳一样，向秋先零。近日的夜间，他总是沙沙地苦吟着。

　　幸好不曾落雨，不然，"梧桐更兼细雨"，点点滴滴，也正是"这次第，怎一个愁字了得"，再请词人来填一首声声慢罢。

　　在不甚明亮的灯光下看看书，听听梧桐奏着秋声，忽然想起黄仲则的"全家都在秋风里，九月衣裳未剪裁"两句诗来。这正是凉秋九月，像黄仲则一样的"九月衣裳未剪裁"，必然很多。他们在夜深人静之时，感念到自己哀蝉落叶的身世，当有不少的悲慨。

　　其实这是不须悲慨的。王世贞在他著的《艺苑卮言》上曾说到文章九命："一曰贫困，二曰嫌忌，三曰玷缺，四曰偃蹇，五曰流窜，六曰刑辱，七曰夭折，八曰无终，九月无后。"后来他"以疮疡在床褥者逾半岁，几殆，殷都秀才过而戏曰：当加十命矣。盖谓恶疾也。"细思这十命，贫困对于文人，还是最轻的惩罚。

　　文人这两个字，似乎和穷苦两个字有密切的关系，不是"君子固穷"，实在是文人固穷。穷到死了没有棺材，需得娼妓们凑份子来代他料理身后，如柳三变那样，倒也另有风光。当他出殡的时候，有些浪子笑说："这大伯做鬼也爱打哄！"做鬼也爱打哄,亦足以补偿他生前的穷困。因为死后还能使娼妓们怜悯他,容他打哄,也正是不可多得的事呢。虽然"千秋万岁名,寂寞身后事",谁教你要做文人。只有用些无聊的想念来慰藉你当前的悲愤了。

在现在的中国做文人,处处可遇魑魅,时时都有危机。一不留神,诚如俞平伯所说:"小之使你闹点麻烦别扭,大之,真不忍言。嚓的一下子,不团圆,在中古之国的中国,谁也不保险。"所以若仅仅是贫困,一年一度的衣裳未剪裁,还能在秋风里战栗着,发出几声悲悯人世的哀音,看看魑魅的化装跳舞,总算是不幸中之大幸了。人苦不自知,贫苦的文人们,你们还是退一步想,这原是你们应有的遭际呀。

夜深读书既倦,微闻秋声,念及从事文艺的诸穷友,深为悲慨。自己既非文人,更幸尚有一啖饭之所,总算是托国家之福,所恨没有广厦万间,只有无裨实际的为诸穷友随时祝福了。

北风

◎杨刚

没有人能够明白北风，从没有谁见到了北风的心脏，他们说北风是无知的毁坏，他们说北风无头无手，只有一只像女人的累赘裙边一样的脚。

北风，啊，深夜的黑暗里从地心底层吼射出来的北风，你的声音多么壮！多么猛！在玄色的天地中间，在宇宙蒙上了单一忧惶的迷灰色调时，你狂烈的暴激，奔腾的绚烂，你壮阔的动变仿佛发出了万能的震人心目的色彩，使人张不开他微弱的眼，色盲的眼，使人为了天地的酷虐而昏眩。

你的鞭子，你震挞生命笞逐宇宙的鞭子，就从没有停息过。你千里奔驶地驱逐死寂！鞭捶疲弱！扫荡一切死亡和虚伪！你永远不肯停在半路上，等着寂灭来和你妥协！你鞭打太阳，鞭打海洋，永不让它们躺下来，永不让它们安闲游混！就是懒性天成的大山，你也要鞭碎它的岩石，扫荡它的林木，你使它一时剥落了狡狯沙石的掩盖，光着脊梁在你面前发抖。

北风，伟大的北风，你是永不许冬日死亡的大神，是生命的红旗先使！在冬日，雨来了，雪来了，霰珠塞满了生命的细胞，太阳颓然如醉了酒的老头，早上起不来，未晚就躺下去，披着它半黄半红的黯淡袍服，像老和尚送丧的袈裟。大树小树都被剥夺干净了，被夺去了它们青春的冠冕，被剥下了它们润绿的衣裳,它们只好铁紧地闭着嘴唇,等着生命的汁子从它们心上干枯而死。大牛小牛干渴了,大狗小狗都缩紧到屋檐底下去躺着,不敢出声息。川流迟迟不前像老人绊坏了他的腿脚骨,也唱不出清脆的歌声。宇宙那时好像是根本忘记了它自己,它以为死亡已经代替了它,寂芜将把整个冬天封锁起来丢下冰洋径去了。

没有你,没有北风的狂吼,没有北风的军号,谁知道这宇宙还存在着? 谁知道这宇宙还有无疆的雄厚,无穷的力,刚猛万变的美! 啊,谁又料到临到了生命的尽头跃出了生命的本身!

哦,北风,我不知你对于生命有几千万吨启示的活力! 我不知你累积了人类几十万年磅磅礴礴、蓊蓊郁郁、绵绵延延不死的雄力在你怀里,更不知道你饱载了宇宙多少多少钢铁的火星! 当着明媚的春节,当着炎炎的夏日,当生命有的是喜悦和自由时,你俄延着,囤积着,你不动,你说:"好吧,孩子们! 玩一会儿,乐一会儿,别着急。"一旦生命在收缩,在溃败,力与美落在枯寂死灭的威胁底下,在一个丑到失了容仪的黑夜里,你突然发出了你的巨吼! 为了你狂烈的震动而使生命的力在梦中人心里像轰雷一样爆炸! 北风,我不了解你,我不能说一个微末的分子能了解它的全体。可是我觉得我和你有着心连心,手指连手指的密切生命,正像我和我的中华民族一样。在冬日的窗头,我见不到北风的鞭子在寂呆的树梢挥动时,我心是何等地寥寞! 我渴恋着北风的呼声;北风的号角来时,我将怎样度我的荒凉! 然而正和彗星辉耀的存在相似,北风浩荡的来临是生命至确至刚的真理。我以我的胸脯敞露在北风凶猛的鞭击底下,在北风尖锐的指锋的刺割之下,我愿北风排剑一般的牙齿咬住我的心,拖我上那生命的战场!

在那生命的尽头上,永远有生命自己的堤防,站在堤防排荡一切的使者,请天下古今一切的权威者向他膜拜!

啊,北风!啊,伟大的中华民族!

秋风起的时候

◎袁鹰

　　最初的秋风是用悄悄的脚步来到红河两岸的。如果不是越南朋友用他们的敏感的眼睛指点我们,我们竟丝毫没有察觉季节已经在暗中转换。

　　秋风第一个使河内街头妇女的长袍变了颜色。整整一夏天,她们的紧身曳地的丝质长袍,不是白色的,就是淡黄和淡绿的。当女学生们骑着自行车疾驰过林荫道,曾使我不止一次地联想起敦煌壁画上的飞天,不止一次地想到"风吹仙袂飘飘举,犹似霓裳羽衣舞"这两句名诗;如今,像是谁在夜间发布一声号令,倏然间,都变成了鲜艳的青莲色。这颜色本身,便给街头平添几分秋意。

　　但是,我现在要告诉你的,还不是这种青莲色的长袍,而是那个美丽的、充满诗意的"贡"。

　　"贡"是按越南话音译的。我想不出确切的译名,我也从没有见过尝过。这是一种食物,是一种还没有完全熟透的糯米——越南人诗意地称之为"姑娘稻"的。

　　那天在越南文艺协会,同越南朋友谈了一会,人们端来一只只小碟子,每个碟子的底上垫着一小片荷叶,上面又盖一片。揭起荷叶,却是一碟糯米。糯米的颜色,不是白的,而是绿的,浅浅的嫩绿。说它像翡翠,也还不恰当,因为到得嘴内,它却是又香又软又糯的。

这就是"贡"。

说起"贡",越南朋友谁都会眉飞色舞,一往情深,就像向你介绍自己的爱人。

初秋的夜晚,农家的灯火一盏盏地亮了,响起舂米的歌声,这是姑娘们在做"贡"了。小伙子们循声而来,带来了槟榔,带来了红柿子,也带来了上下跳动的心。情侣们一面唱歌,一面舂米。"贡"做成了,心事也交换了,小伙子们兴高采烈地回家,姑娘们把一盏盏灯火轻轻地吹熄。

有时候,姑娘的态度还不明朗,小伙子就生气地唱:

> 你若是变了心,
>
> 柿子就要烂,
>
> "贡"就要变坏了!

住在城里的人呢? 一看到街头出现挑着"贡"卖的妇女(挑着"贡"的扁担,是一种特别的扁担,它的一端弯弯翘起,像舞者的修长的细臂),就知道这是秋天了。

战火爆发后,在越北平原,在出"贡"著名的红河三角洲,法国殖民者像吸血鬼似的搜尽了农民最后一颗米粒,小伙子和姑娘们有的到根据地去,有的参加游击队,舂米的歌声息了,跳动的灯火熄了,大片田园都被烧成焦土。

于是,"贡"就成为人们梦中的幻影。

怀念"贡"的,不仅是年轻人,也有那些每年一到秋天就惯想着吃"贡"的人。他们住在荒山深谷,对着遮天的大树,一到秋风起,是什么首先引起他们对家乡、对河内的怀念呢? 常常的,是"贡"。想到家乡,想到河内,就想到"贡";想到"贡",就更加怀念家乡，怀念河内，更加热爱自己的遭灾难的乡土，更加憎恨野兽般的法国殖民者。

诗人深情地唱着：

> 嫩绿的稻子消失在黄昏里，
>
> 我想念你，妈妈，隔着重重的山和岭。
>
> 妈妈，你的儿子一直活着；
>
> 感谢我们的党，我们的胡伯伯，
>
> 他已经变成了一个大人。

"贡"的怀念，寄托着人们的乡思，寄托着对亲人的记挂，也寄托着战斗的激情。一年又一年，一年又一年……

一直到和平恢复以后，人们才又尝到"贡"。

越南朋友向我们说起这些的时候，充满了眷恋乡土的深情，这种深情感染了我们，也就不知不觉多吃了一些，还把那一小片荷叶带了回来。

1956 年 9 月，河内

又是风起的时候了

◎杨牧

又是风起的时候了，许是这小岛接近大陆，秋来的时候，秋便来了。季节的递转那么真确那么明显。早晨起来，看到许多黄叶，铺在沙地上，风声杀杀，越是冷清了，越是寂寞了。

离开东海到今天正好四个月，日子堆高，怀念愈深。黄昏岛上下过一场雨，从城里回来，淋得一身湿透，在吉普车里看路两旁飞逝的木麻黄；雨越下越大，视野茫茫，不知道身处何方——许多淡淡的哀伤，许多愁意突然涌进胸怀。今夜站在路口，秋风吹在身上，凉凉的，像回到了东海，像看到了大度山的树木和灯火，转瞬又是梦幻空虚；天上几颗寒星，平添无聊。

在学校的时候很难看到学校的可爱，只知道改革，每天都激愤地想把自己稚嫩的理想放到四周去实验，却忽略了那么多，那么多温情和友爱。在《古城末日记》(The Last Days of Pompeii)里，那个骄横的罗马人 Lepidus 说："Jupiter's temple wants reforming sadly!"（可怜那天帝的神庙正待改造！）作者嘲笑他说："除了不知道改造自己以外，他是一切事务的大改革家！"我们也曾经是那么几个伟大的改革家，只是极少安静下来想想自己而已，不知道自己多么无知，多么幼稚。看到石板路，怨它们太小太破旧；看到石桥，又怨它少了点雕饰，"为什么不做成拱桥?"你埋怨了："平铺水泥算得了什么艺术?"无邪的心灵只知道夜梦理想,把自己的尺度荒唐地拿出来量世界的方圆——但世界太大了,我们看到了多少? 我们生活在那么优美充满"气氛"的校园里,我们看到了什么? 只有连架的书籍,只有书报,只有梦谷、水塔、古堡和那连烟带雾的相思林罢了。

你能在书籍里探求多少呢? 四年的大学生活我什么都没得到,只知道如何尊敬学问,如何从卡片箱走向书架,照号码找到厚重的洋文书——这些是什么? 抬头看看夜空,有几颗星你叫得出名字,你知道它们的距离? 你知道多少年后有多少颗星要陨落,多少颗星要新生? 世界宇宙,永远在变动,永远在流转,书本能给我们多少? 离开东海四个月我才参悟出这一点道理来,原来生活本身才是一门大学问,只有用生命去体验,才是有血有肉的——这才真是一步跨出了苍白冷酷的象牙塔,看见天日,看见风暴,走进这世界来。

在校园里生活的人是不大知道忧愁的,为赋新词可以愁,考试考坏了可以愁,经过女生宿舍看到电灯灭了也可以愁,愁上一夜,在床上反侧,诵一段关雎。天明后,又是同样的生活,掀开帐子,看看郊原隐雾,赞叹一句:"美丽的台中盆地,早安,春天。"在那么青翠的天地中,在扶疏的枝叶和茵毡的绿草间,你看到了什么? 那些女孩子的阳伞、花裙,那些高贵的笑容,你看到了多少? "生活真好,"你歌道,"感谢主,全能的主……"

你也曾凭栏低回,在没有课的上午,十六宿舍的走廊(当春深的时候)最适宜远眺,你看到河谷,和树梢许许多多纷飞上下的黄蝴蝶,像纸花一般,飞上一个多月,然后,在一个小雨过后的清晨,开门出来,忽然蝴蝶不见了,你眼睛寂寞了,好伤心啊,也许你会滴下两行清泪! 生物系的同学说,它们走了,那是蝴蝶的生活——"你何不去艺术馆后看桃花呢？这是桃花的季节哩。"感谢主，全能的主，去喝碗稀饭吧，看看邮局有没有我的信，想起昨晚胡凑的那篇 Browning's Dramatic Monologue，心里惭愧极了，对教授怀着偷懒的歉疚。眼睛酸涩得厉害。在东海，我们虽年轻快乐，却整日疲劳。

但这些就是生活？生活这么单纯无聊吗？你辩驳道："你知道得太少了，你该到梦谷去看野火，那火光可以告诉你很多真理。"你去吧，去梦谷，走过沿溪的小路，回头还看得见图书馆三楼的灯光，耳际还响着青春的华格纳。树薯、香草、甘蔗、相思树，那野火只能带你往情爱上联想，你卷起袖子，砍下带汁的树枝，哼着英文歌加柴，生命就是那么多彩多姿。或许你和许多同学一起去，班上的女孩子除了忸怩，什么都不做，围成一圈吃吃乱笑，等你把鸭子烤好了，却争着要那块烤得最好最香的翅膀，也许还埋怨："你们这些死男生，怎么不知道摆点胡椒到酱油里？"摆点胡椒吗，在生活里也蘸一蘸胡椒，让你在辛辣里尝出一点真谛来，让你知道，熄火以后，如何歌唱地从谷里走出来，如何疲劳地上楼，准备明天上午的"庄子集释"。

我真不愿扫你的兴，尤其当你爬古堡的梯子爬了一半的时候；我真不愿意教你灰心，真的，不愿意让你在主日崇拜以后出门便遇见大雨，走不回去。那翠绿的大度山平静而美丽，除了考试和舞会，你有什么烦恼？教室里多的是鸿儒硕彦，你甚至可以听见老教授用纯粹的英语朗读 Farewell, Othello's Occupation's gone! 回到中世纪，回到伊丽莎白的年代，回到浪漫时期，回到晚唐宋代——只要你上课时不计较女生的发型，只要你不盘算回家的路费，你就是王子了，你就是骑马过桥的五陵年少。

生活多么好啊,当你沐浴完毕,站在窗口看新月升起,心中充满了欢喜和感谢——感谢主,全能的主,让我能有这么一个好机会在这里求学,看山,和恋爱!你不知道什么叫作争执,不知道什么样的日子叫作恐惧的日子——你的日子像七彩的流苏,那么柔滑,在指头间摩挲不完,多么顺心的一天,日子就是幸福,还想什么?你把床铺理好,加一块大甲草席,美丽的夏夜,萤火在河边翻飞,流水湍急,杨柳又长又绿。站在桥上,看灯泡拉长成几十条破碎的带子,看一颗流星滑下,不知不觉就回到了孩提。

　　离开了东海,才知道在东海的四年只是我孩提时代的延续。那些美丽的梦幻,那些憧憬都同样疏落,同样紊乱。在甜美的协奏曲里读甜美的诗篇,在围巾棉袍里赞引"鹏之大,不知其几千里也";那些密密麻麻的注疏,古人的旁注和眉批,徐先生的笔记和论文。你雄心真大,就希望自己能想出一个新解来攻击长辈;而你什么也没有创造出来,因为线装书上的灰尘会弄脏你的衣袖——你是一个有洁癖的大学生?你的袖扣发亮?你的书籍烫金?唉,你知道得太少了,你知道天冷了有多少人挨冻吗?你知道风起的时候,有多少人失眠吗?"根据克罗齐的美学原理,表现一词有它独特的意义——"你枕着凉簟咀嚼这句话;什么独特的意义?"成竹在胸",我明白了,明天到中文系去看看玄秘塔的真迹,后天呢?后天去断崖野餐吧,顺便看看落日。而我离开东海才四个月,已经看到了许多真迹,什么叫作成长什么叫作恐惧,什么叫作割舍!那四年对我如浮云,有时灿烂,有时灰暗,却没有太多意义。

　　你会问我,为什么不把它忘记?唉,你是忘不了的;四年的徜徉,我们知道每一种花的花期:圣诞花开的时候,正是合唱 Christmas Carols 的时候，头巾大衣，点缀每一个角落，你对西洋来的先生说 Merry Christmas，心里却嘀咕着，什么时候他们也同我们一样读四书？感谢上帝，给我们一个歌声悠扬的平安夜，到处都是脚步声。钟鸣三句，你为什么还不回去？天越来越冷了，东海的风越来越大了，吹得你寸步难行——有一天，突然太阳出来了，又下起了小雨，在三月的午后，你走在小路上，看到苦楝花开了，飘满一地，紫色的，那么可怜地飘满你路过的桥梁和草地。风雨不已，你打伞去图书馆看报，去实验室看待解剖的荷兰鼠，到文学院听课；那唯一的木兰花开了吗？今年开几朵呢？去年我数过，上帝啊，去年我曾偷偷数过，居然开了十一朵。

　　然后就是桃花了，你不爱桃花，爱人面艳红。坐在草地上，你看不到桃花万千，只看到远远宿舍里的门启门闭，许多女生拘谨地走过来，没看你，她们看到的是自己的憾意，她们怀抱拜伦的诗集。这一切都平淡，像月份牌一样，伸手就可以撕去，甚至可以取下，一直到满山的相思花开的时候，你开始着急了，离愁渐生，流苏数完了，你看看一退再退的论文，明天？明天我要走向哪里？好多相思花啊，黄得教你难过的相思花，每一年都是那几棵开得最多，我真恨不得把它们砍掉。你慢慢理解了，幸福并不是永远常驻的，原来也有这么一天，我必须离开这个我熟悉的山头，校门还没建好呢，教堂的瓷砖还没嵌上去呢，为什么我要离开？尤其是，离开东海，我要去哪里？

　　也只有离开我们熟悉美丽的校园，你才能体会出生活的不容易和艰苦。是的，艰苦，恕我说一句最平凡的话："生活太艰苦了！"你要离开了东海，才知道世界原来并不是那么美好的,也才知道,世界原来比东海美好!

在无意中,你会经过许多书本上忽略过的篇章,你会长大,甚至苍老,而且变得冷酷。我觉得自己已经慢慢冷酷起来了,从童年一下跳到中年,只有现在,当风起时候,在蜡烛光下,听到炮声断续,听到木麻黄的呼声,忽然想起东海的冬季,目渺渺兮愁予。离开东海,又想起东海,像退了一万步来看一座城市,或即或离,山光水影,不知道自己身处何方,那一刹那就是最甜美的 Trance,怀抱万种愁绪。

在春风里

——纪念适之先生之八

◎陈之藩

　　同一本书,读者的观感,当然不相同,同一问题,各人的看法也不会一样。听适之先生的谈天是一大享受,可是他跟我却常常谈不来。

　　比如,在《哲学史大纲》中,胡先生最精彩的一段是墨子。那是在北大讲堂中,使梁任公拍案叫绝,赞不绝口的文章。我就跟胡先生说,我不爱墨子,我的意思是那种文章谁看得懂!他笑笑,也不说什么。

　　同一本书,比如荀子我是喜欢前面的,他却喜欢后面的!我曾在胡先生面前像小学生似的背《劝学篇》,胡先生也像小学生似的背后半本。跟胡先生谈天,有个原则,他一定要知道你曾经下过工夫,有诚实的问题,他才跟你谈,不然他就聊别的。

　　当我背了两段《劝学篇》以后,他才跟我谈荀子,他说,这都是些冠冕堂皇的文章,当然我知道胡先生的偏好是荀子的"科学"见解。

　　两个人虽是谈不来,可是谈一晚上,很愉快地分别。我总是喝得醉醺醺地走到电梯,他总是送我到电梯的地方。热烈地握手,并常说他近来没有什么会,意思是愿我再来谈天,可是也不勉强我。

谈到白话文学,他的程度就不如我了。因为他提周作人,我就背段周作人,他提鲁迅,我就背段鲁迅,他提老舍,我就背段老舍,当然他背不过。

在这些白话文学家里,我们也是谈不来。胡先生对周作人的偏爱,是著名的。他曾不止一次地跟我说:"到现在还值得一看的,只有周作人的东西了!"他在晚年是尽量搜集周作人的东西。

我如果说:

"不要打呀,苍蝇正在搓搓手搓搓脚呢。"他似乎就想起苦茶庵中的老友,在他回忆的茫然的眼光里,我看出胡先生对朋友那分痴与爱。

"七七事变"离开北平后,他劝周作人。

> 藏晖先生昨夜做一梦,
> 梦见苦茶庵中吃茶的老僧,
> 忽然放下茶盅出门去,
> 飘然一杖天南行。
> 天南万里岂不太辛苦?
> 只为智者识得重与轻。
> 梦醒我自披衣开窗坐,
> 谁知道我此时一点相思情。

这是胡先生劝周作人南下的一首名诗。及胜利后,胡先生为他辩护,为他洗刷。给法院的证词中,比较了北大的藏书,比较北大建筑的今昔。把周作人说得不仅不是汉奸,而且是个功臣。周作人坐监时,他去探监。我并未问过胡先生,但在话里,他似乎对周作人现在的情况依然很清楚。

当我听完他每次说周作人以后,即想起:"你们之中谁觉得自己无罪,可以出来打死他!"

除非是个圣人,不会有胡先生那种慈悲、那种热爱、那种原谅,那种同情。

丁文江先生当上海总办,是给军阀做事,胡先生在丁传里,不知用多少话来阐述他的那个"如俟河清,当待何日"的哲学,能使自己有贡献能力的机会,就得干一下才是。

我们可以看出胡先生的辩解,实在并不是用什么理智的分析,而是那份热爱的心肠。

因此,他从任何人身上全能看出长处来。

有一次,他问我说:"之藩,你知道曹锟的长处吗?"我从小学课本里就知道,所以我说:"我知道。"他说:"什么?"我说:"贿选!"

他很严肃地说,曹锟的长处是公平。因为他公平,所以提拔出那么多走卒式的将领来。

大概胡先生看过的不平的事太多了,选了半天,选出曹锟来。经他解释了曹锟所提拔起来的屠狗英雄以后,我真是佩服胡先生的用心。因为我从小学课本里灌输的成见,依然保留我对军阀的痛恨,可是我知道我们的谈不来,是我太幼稚而已。

胡先生在现代的人中,不要说在中国找不到,在外国也找不到。在道德上可以和他一比的活人,我觉得只有那个在非洲行医的舒怀瑟。

因此,我常用古人与他比。

我也给他写过几千言的长信,我也给他各式各样的难题,但只要问题诚恳,他总是尽量答复的。开头总是谢谢你的长信,末尾又是特别谢谢你的意思。

你看司马光给王安石的信,有多诚恳,你再看王安石答复司马光的那几百字的信,最后是"非石之所敢知也"。司马光收到那样的毫不考虑、应毋庸议的回信,如何不气?

所以,胡先生有王安石的变法热情,但比王安石要温和得多。

年轻朋友去访他,胡先生总说:

"你多大了?

"啊,我羡慕你呀!

"你看白居易的诗:

今日红颜欺了我,

他日白发不放君!"

虽是游戏的诗,但也失去了长者的风度。

胡先生有白居易的文学技巧,但比白居易要纯厚得多。

在笔辩的文字中,在舌辩的议场中,胡先生从来未失过态,嘴里说出不堪入耳的话来。

你看苏东坡的策论中:

"养猫所以去鼠,不能因无鼠而养不捕之猫;畜狗所以防奸,不能因无奸而养不吠之狗。"

拿猫狗一类的东西当武器,是苏东坡行动起来的败笔,但这种败笔,胡先生从来没有过。

所以我觉得胡先生有苏东坡的痛快淋漓,却比苏东坡能控制自己。

并不是我偏爱他,没有人不爱春风的,没有人在春风中不陶醉的。因为有春风,才有绿杨的摇曳。有春风,才有燕子的回翔。有春风,大地才有诗。有春风,人生才有梦。

　　春风就这样轻轻地来,又轻轻地去了。

1962 年 3 月 9 日于曼城

今夜，我站在风中

◎郑敏

　　深秋的午夜，我离开了四面透风的由阳台改装的狭小书屋，走到七楼的平台上，一个人站在暗夜里，双手插进风衣的口袋，抬头看天。

　　一阵夜风吹来，吹打着我的胸膛，拂拭着我的面颊，牵动着我的衣襟，渗透了每一个毛孔。我像电影《泰坦尼克号》女主角一样，在楼顶上双目微闭、张开双臂，一动不动地迎风站立，慢慢地，浮躁的心静了下来，一段神秘的音符从很远很远的地方奏响，在灵魂的深处轻轻荡漾。在这浩瀚的都市腹地，在一幢幢影影绰绰的庞大建筑物和刚性物体背后，究竟藏着什么呢？人靠自己的眼睛又能看到什么呢？

　　我扶着围栏俯视地面，白天宽阔的大街似一条僵死的细虫静卧在楼与楼的裂隙间，偶尔一辆汽车开过，发出一声沉重叹息。远处灰色的建筑群层层叠叠，朝一个方向投下巨大的阴影。全街的灯火都在眯着眼睛做梦，全城的市民也几乎都蜷缩着身体在被子里打呼噜。只有少数的房间充斥着黏稠鲜腥的气息，低垂而厚重的窗帘遮掩下，年轻的男女们正聚集着体内的利比多，消耗着过剩的荷尔蒙，他们互相触摸、撕咬、呻吟，进行着肉体的狂欢。这是一个没有故园的世界，繁华与凋敝转化得太快，每个人既是欲望的个体，又是迷惘的个体，孤独吞噬着一切。用人的视野看,世上的一切都是不完美的,浑浊的,沉重的。只有抬头往上看,才会感到满目的清明、空净和安详。此刻,无边的夜空似一只巨大的蓝黑色容器,装满了深不可测的广阔和寂静。高悬于天顶的月亮像一位耀眼的神明,统领着整个世界,而那一颗颗闪烁的小星星更像奉主蒙召、回归天家的儿女,向我述说着永恒的平安。在他们眼里,地上发生的一切都形如草芥,不值一提,只有神的话语才是永恒的。

薄雾中、天光下,我的全身像被涂上了一层奶黄色,心也渐渐飘忽起来,有了一种无端的感动。我在胸前画着十字架,低头默祷。我觉得自己的身体从没有过的舒展,自己的心灵从没有过的空阔,这时的世界好像从没有诞生过生命,从来都没有,又好像天空中的每一朵云彩、每一颗星星,大地上的每一片树叶、每一根小草都有自己的生命,都用自己的方式向神灵祈祷和歌唱,向我们述说着永恒的恬静、无边的宽恕和深邃的温柔。我不知道为什么在世界最黑的时候,却不感到暗,在夜色最深的时候,却不感到孤寂。我想,此时一定有一位神灵陪伴着我,他像一位慈祥的母亲,拥抱每一位寻找天家的孩子,像一位温柔的情人,亲吻着我身上每一处受伤的伤口。

人们常用夜来比喻那些苦难死亡的东西,用风来比喻那些虚无不存在的东西,可是,在这个瞬息万变、科学永远不能完全解释的世界,黑夜却往往比白昼更真实,风声比其他任何声音更永恒。风从很远很远的地方吹来,吹到很远很远的地方去,人也是从很远很远的地方来,到很远很远的地方去,人的一生最终是要与风为伍的,人有限的生命最终是要融于宇宙无限的生命的。

暗夜中,我看到许多无家可归的灵魂在竭力寻找着回家的路途,而辛勤的牧人也高举着灯盏不停地寻找迷途的羔羊,他在风中一遍遍地高喊:"你在哪里?你的兄弟亚伯在哪里?"

是啊!我在哪里?我的兄弟在哪里?我属灵的生命又在哪里?我不愿想尘世周遭的一切,人到中年,对许多事都看得很淡,唯有对死亡还有一种莫名的恐惧。有资料说,人类平均每天都要死亡十六万四千三百八十三人,每小时至少有六千八百四十九人死亡,每秒钟两人去世。如今世上六十亿人,不出一个世纪,都要离去。在"9.11"那天,谁会想到,除了五千人化为灰烬,还有超过十六万人悄然死亡。地球就像一个让人骑的大转转乐,人不停地上鞍,也不停地下马。但是,生活中的我们好像只知道"9.11"的惨痛,却忘记了这种远比"9.11"严重的无声无息的大规模死亡,谁来分担这死亡的消息?谁能承受这生命不能承受之重呢?

我往哪里去,躲避你的灵?我往哪里逃,躲避你的面?我若升到天上,你在那里;我若在阴间下榻,你也在那里。我若展开清晨的翅膀,飞到海极居住,就是在那里,你的手必引导我,你的右手也必扶持我。我若说:"黑暗必定遮蔽我,我周围的亮光必成为黑夜,黑暗也不能遮蔽我使你不见,黑夜却如白昼发亮。黑暗和光明,在你看都是一样。"(《圣经·诗篇》139:7—12)上帝在寻找他的儿女,寻找着正处在属世绝境中的弹尽粮绝的生命,然而,人常常是听不到神的召唤的,人只有在属世的绝境中,即在一切属世的支持尽都断绝的极端状态下,才能赫然望见属灵的生命。

感谢神断绝了一切属世的支持,使我认识到人的渺小、脆弱和有限。过去相当长一段时间,自己是悲观的,绝望的,我常常发出像奥地利诗人里尔克诗《沉重时刻》中的感叹:"此刻有谁在世上的某处哭,无缘无故地在世上哭,哭我。此刻有谁在夜里的某处笑,无缘无故地在夜里笑,笑我。此刻有谁在世上的某处走,走向我。此刻有谁在世上的某处死,无缘无故地死,望着我。"我和许许多多生活在这个时代的人们一样,被工作挤压着,被生存驱使着,从到报社上班的那天起,就接受了这个世界从不同情"弱者"的理念和教育,把自己打造成了一驾披荆斩棘的战车,不停地向前挺进,为此,我失去了一个人一生中最不该遗失的两件东西——好心情和好身体,失去了生活本来该有的乐趣。用了很长时间,我才明白,成为世俗世界中的强者又怎样?我们的周围不乏与人为善的好人,但更不乏晦暗虚伪、欺上瞒下的小人,就算用自己的能力击倒了一个个不择手段损人利己的小人,自己不是也搭上所有的时间和生命了吗?难道做"强者"就是人活着的全部意义和目的?如果是这样,我们和一种无足的鸟又有什么区别?据说有一种没有脚的鸟生来只知道飞,只知道劳作,永远不会落地,它落地的时候也就是它失去生命的时候。我们这样马不停蹄地奔波,为迷恋世间的繁华和满足可怜的虚荣心而割去上帝让我们散步的双足,不关心自己从哪里来,到哪里去,不和无足鸟一样,飞在一条死亡的不归路上吗?

时间,已让一个女人风情殆尽;苦难,已让一个女人面容枯槁;抑郁,已让一个女人身心交瘁,每根神经都染上了倦意。我不仅不再想去做强者,甚至不再去寻找着平等、公正和爱情。因为这个世界从来就没有过真正的平等和公正,这个世上从没有没有条件的爱情,就像十九世纪法国作家巴尔扎克所说:"平等或许是人的权利,但世上没有任何政府,可以把人享用这个权利的愿望变成现实。"爱情是人性最难割舍的牵挂,是人灵魂最大的安慰和最深的伤痛,然而,对看重爱情的人来说,永远是竹篮打水一场空,永远是一场没有裁判没有游戏规则的游戏。

我不知道自己将来会不会再写作,会不会用写作的方式来承载内心难以承载的虚无和焦虑,但我似乎已看到语言的尽头,我现在要解决的不是语言上的难题,而是信仰上的彷徨和困惑。我知道此时自己需要的不是思考和反抗,而是柔顺地躺在神的怀抱,安静地聆听神的话语。

今夜,风很大,夜很黑,我却一点也不感到寒冷,因为借助了黑夜去思考,灵魂选择了午夜的中门进入永恒。人是为大地而生,却为天空的启示而支撑的,尤其是夜晚的天空,人只有站在朦胧天光映射的原野上,才可能具有一种苍穹感,才能体验一种超越和觉醒。谁没有镇守过黑夜,谁的道路就没有历程,谁的生活就是一种虚伪的悬浮。世界上没有什么比黑夜更能照亮一个哭泣的灵魂。亚历山大大帝曾自谓:"我两手空空而来,两手空空而去。"而神对我们说:"你们两手空空而来,却要带着两握盈盈的爱回去。"神爱世人,爱世上一切的好人,也爱每一位向十字架跪下请求饶恕的坏人。

一个人内心有光,生命才会有取之不尽用之不竭的生命之源。今夜,我看到了一束光,一束属天的强光,今后我会用这束光作为自己脚前的明灯,手上的拐杖。让它带领自己走过人生的每一个驿站,死亡的每一个幽谷,最后抵达一个浩瀚无边的神性世界。

荒地的风

◎顾城

　　风急匆匆地说着什么,蓝空弯曲过来,在一望无际最明亮的地方,有一个荒弃的农场。

　　那条路很久没人走了,一个又一个多雨的夏天毁坏了路面,扭扭歪歪的路沟里,冻着碎砖。

　　水闸没有完工;准备当电线杆用的白石条,有横有竖地丢在田野上,使阳光变得耀眼。

　　一个小女孩在那条路上学车,沿着还算完好的那一段,一蹬一蹬,她在学滑车;有时一拐,就崴进了灰棕色的蒿地……她戴着自制的粗线手套,车子发出小铁条的声音,棉裤粗笨地弯一下又弯一下,显得很不舒服;她没能迈上车去……

　　车子很旧了,她一蹬一蹬好像在跟它协商。

　　她戴着一顶谁都曾经熟悉的深红色毛线帽,帽子把脸围得圆圆的;再分散的五官也会被这种帽子聚在一起。她吐出水汽,把车子大大地弯转回去……

　　好几年前,她戴的这种帽子在城里流行过,满街的女孩都戴着它,甚至包括中年妇女;小年历上也印着那种被围得圆圆的娃娃脸,第二页就是红梅枝;可不知不觉它又消失了——巨大事件堆满街头,来来去去,人们并没十分留意;电影广告倒是说变就变,那些广告带来了滑雪衫和各种发型。

这是一片比任何城市都巨大的荒地，这个小女孩还戴着过去流行的毛线帽学车。

公路在远处像是忽然变了主意，自顾自地拐到另一个方向去了。

水闸散落在那里；没有用的白石条堆在那里。

小女孩在学车，她的红帽子影响着田野。

时尚的风扩展开来，在中心平静之后，最远的河岸还在微微闪耀。

她快要迈上车去了。她喜欢深红的颜色。人一生能有几种颜色呢。

1985 年

绿湖的风暴

◎叶珊

　　你该不会想到百余年后的今夜,濡湿的今夜,我突然忆起那村庄,在破败凄凉里联想到你。你知道宋朝吗? 宋朝的美,古典的惊悸。那一次我一脚踩进一座荒凉的宗祠,从斑驳的黑漆大门和金匾上,我看到历史的倏忽和曩昔的烟雾,蒙在我眼前的是时空隐退残留的露水。我想到你,一个半世纪以前的你,想到你诗里的中世纪,想到你憧憬的残堡废园,像有许多凋萎的花瓣飘落在身边,浮香淡漠,夕照低迷。

　　第一次我去的时候,那"六合三十幢"接合的村庄埋没在战地的黑夜里。风很大,我什么也看不见,几盏马灯从小小疏落的窗户里泄出来,树叶像雪花一般飘飞,有时打在我脸上。我知道:我们离得真够遥远——时间的,空间的距离,那不只是铁丝网或护城河(如你所知的)所隔开的,那是神祇的安排,撒下许多黑雾,浓得化不开的黑雾,挡开你我的面目。我多么欣喜,在黑夜里,用双手触摸许多花雕的墙棱。仿佛有些寒星在寂静的天空冷冷地照着,仿佛照着我,照着你。我心跳着给遥远的友人写信:"我终于看见一座宋朝的村庄了!"第二次我去的时候,是一个阴霾的下午,那村子叫"山后",在一丛又一丛的相思树、木麻黄,和苦楝树后面,成列的红墙,几棵老树。坐在井边,我茫茫然注视一弯又一弯的飞檐。

我从风沙的平原想象到落雨的森林。我看到你，不是那探首摘梧叶的书生，不是轻吟石榴的少年，我看到你坐在汉普斯第的小楼上，膝上摆着一本"仙后"，看窗底下花园里走过一个你心爱的女子。她胸前捧着一束康乃馨，着浅黄的秋装，站在逐渐枯槁的法国梧桐下，默默地看你。第二个黄昏，可怕的落雨天，你坐在密密的雨丝前，看窗帘舞动，已经过了六点钟，那黯黯的小门还不开启，有人在附近弹琴，你在纸条上急遽地写：春日该到了，芳妮……你听到原野上画眉的歌唱吗？那是温和的气候的先兆吧，芳妮，我期望一个春日。

　　那藏书的小楼是你的小楼，不是陆游的小楼。红酥手，黄滕酒。一块丝绢怀在袖里。多少个足音响过黄昏的石板路，那不是游宦者的黄昏，那是期待的人的黄昏，你去得多么远。海上的狂风，那不勒斯的港湾，罗马的坟茔。而飘海来到这个小岛上，我仿佛在一座宋朝的小楼上看到披着毛线围巾的诗人。你的魂魄今夜伴谁？果真你也去到威尔斯的古堡里读"奥香"的古诗？果真你看到海洋的蓝色藏在芳妮的眸子里吗？

　　我航海离开陆地的时候，正在一个初秋的凌晨，第一次看到海洋，那"翻腾的浪"打在心房上，一日一夜；你也陪我不眠吗？像那个晚上，在伦敦的夏夜，你思索着，忧虑着，许多波纹回旋，聚拢，散开。那一次黯然离开凤凰树开花的大度山的时候，正是七月，草长得像"恩迪密昂"里的祭坛四周，像该有些牧人驱羊行过……我走下楼梯，走过林荫的小路，石桥，突然觉得陌生起来了，割断了生活里的甜蜜和温情，挥别文学院楼顶最瘦最淡的一片晚云；教堂的木架滤过橘黄的暮色。许多归鸟往水塔和梦谷的方向逸去。西边的石阶犹坐着两个着白色衣裳的少女,粉红色的蝴蝶结在绿草上颉颃。我梦不见什么,看不见什么,苦苓树下的设想已经模糊了,似乎离开那山头,我也离开了你。

你一定也尝过成长的苦楚,那知识和责任的无奈咬啮着我。在两个月内,我体认了分离,拒绝和远适的茫然。东方山群里的绿湖,单桨游艇,水鸭,小山,急湍,忽然我勾回童年时候的一些残梦——摸虾子的残梦,捡稻穗的残梦——苦雨的冬季,凌晨出门,到堤下拾取野菜;烈日的夏天,在橄榄树上躲避一下午的市尘……我忽然回到孩提的愚骏,没有记忆的愚骏——飞车往南方的山群里驰去,两旁的樟脑树青翠依然,劲挺依然,瀑布雷轰而下,打湿我的上衣,一直到长桥的另一端又干了。你也关心过山中居民的痛楚和无助吗?煤油灯,茅草屋,薯片饭,教堂。我曾去过,去林中的部落,番刀的豪迈,竹笠的粗犷,溪涧的怅惘,吊桥的恐惧,一切都像迅速由山顶下压的层云,覆在部落的茅屋上,覆在番民的脸上,覆在我的心头上。我怎么样也忘不了那战争末期的恐慌,柴火,粮食,瘟疫——巨木砍倒的声响,细雨里佩长刀的警员,村民的蓝布衣服,和哗哗不停的流水。那些已经去远了吗?你永恒的诗人啊,那些纯朴的旧事,浓密了我的灵犀,只要我回到那竹林山结环抱的绿湖,我就能从水影中看到自己。七月以后,我像水鸟一样盘桓在那平静的湖边。

如何渡过那急湍,有时我碰着水流,心悸得忘了自己。生命中也有许多不易跨越的急湍吗?可有一根楠木横倒的独木桥吗?可有个扶持的人吗?他该赤着上身,背着阿眉族人的筐篓,嚼着槟榔果,拘谨地说"到上游去,那儿有一座桥"——可爱的荒蛮。我永远把劳顿的灵魂交付平滑如镜的绿湖,每当我回家的时候,摔去腋下的书籍,忘却爱情和函札,去到冬青树和槟榔树围绕的蕃社里,我要去听他们的祭神舞曲,我要看他们的望月,他们的车辙、憨笑。诗人,你的中世纪也如此吗?除了武士和战马,除了城池和鹰旗,你可有些安详的和平的农庄,乐天的愚蠢的农庄?——假如你也能跟我们到山林里,随一个壮得像傻子的向导到山林里去,看他们用弓箭狩猎,你该陪我们去秀姑峦山看野鹿和山猪——多广阔的深林,多冷冽的山涧,每一个崖顶上生长一簇洁白的百合花。

你生命中也有那么一个绿湖吗?那么一个教你忘怀一切声名一切论争,甚至一切书籍的绿湖,让你照见自己蒙尘的灵魂——水鸭、菱角、荷芰、莲藕,和单桨的船。

那船溜逝得多快,坐在岸上看它驶入芦苇,眼睛就寂寞了。翻过一张画片似的作别,生命真的那么不留痕迹吗?

海岸,海岸,波涛,波涛;许多无谓的争执只为知道谁的海岸美过谁的海岸,谁的波涛温柔过谁的波涛。那小镇,爱情的小镇,唯一的小镇——我忽然看不见竹筒里的米酒,看不见双足缠挂的七色布条和铃铛。在一个烈日的正午,我拨开一片夹竹桃花,她在另一个花园等我。芳妮,芳妮……你的眼睫上只留住芳妮的笑靥和泪水,我看到她额前的刘海,看到顺从的甜蜜的双唇,看到神话的坚持和古典的欢愉。水仙花,回音的凄切。沙地上的赋别,车轮滚过小石子的滨海大道——只有晚霞还在,只有渔舟的倒影还在,只有女性化的山还在……自己怎么数得完上山的石梯?自己怎么能断定古墙的颜色?风铃摇着,花落着,潮水涨着,今夜月亮该在几更时候上升呢?你说,你说,该在几更时候下沉呢?诗人的红堡,意象化的城垛,在高处,看绿草地的阳光,看九月着花裙的女子匆匆赶来。

"你冰凉的小手!"多么秘密的小手,我握着莲花似的她冰凉的小手。海风吹彼此的双颊,吹乱她的长发。我怎么懂得什么叫分离?冲绳的落日,巨洋的波涛,波克丽的秋天辽夐如温泉谷的水汽,都在一个朔望里散尽了。你必定也曾在林中散步过,永恒的诗人。知更鸟飞起,踢落几滴水珠,掉在额角上,那一刹那的迷惘又该怎么说呢?那是"雾和瓜果成熟的季节"了,云丰满得像要蒂落在海上。倚着铁栏,看海,那不是驶向那不勒斯的,我不读"唐璜",不必诅咒拜伦,"暴风是这样写的吗?"你在地中海上愤怒地说,把那诗人的新书摔在甲板上;离别曲是这样写的吗?我回想到荒山的中秋月,梦谷里严肃的野火,音乐馆暴躁的华格纳——"奈何征尘未定,可堪叶落苔藓地……"

我把一切奉献给你,小窗前关怀诗集销路的诗人。伦敦的雨雾蒙蔽了你的七窍,只期待每个黄昏,让芳妮站在另一个窗下远远望你,抱着一束康乃馨,远远地微笑,许多愁绪。我把一切奉献给你,檐滴串成珍珠,飘风织成衣裳,让你在多雾的码头独立时不致感到酷寒。灯在路的另一头,暗下去了,雾越来越重了,她怎么还不来。绒线帽子捏在袋子里,诗集捏在另一个袋子。啊芳妮……

而我们的生命就是这样没有休止地转变下去,从高原到市郊,到海岸,看渡船载运邮件慢慢靠岸。或是在疲倦的午后,躺到微风的树荫下,密密的细叶,把蓝天切成碎片——想到家里的盆景,荷花池,金鱼缸,火炉。想到阳光的海岸,美丽的海岸,迷人的小浪,岸上的拥抱,巨大的黑伞撑开雨水,我们在伞下,谁也看不见我们了,河水对面的观音山,那暗淡发白的轮廓,她说:"像做梦啊——"果真一切皆在梦境里吗?果真我们已经醒了吗？你永恒的诗人啊，你已经醒了，你在罗马的墓园里醒着，你的名字写在水上……而我们未醒，我们都在长长的软软的梦里。

让我静下来俯视自己，离开了无名的绿色湖泊，离开了照亮自己的心灵的水涯，拾野菜的日子，捡稻穗的日子，摘橄榄的日子，捕麻雀的日子。漫天的蜻蜓在荆棘林上飞旋，果园，酒店，宗祠——我看见那村庄，线装书里的村庄，陆游的村庄，我坐在菊花畦前，仿佛看到那索然探头的就是沉疴不愈的你。

你的诗已经像水渍，浸濡了全世界，你的灵魂像灯笼，早已照亮了所有伤感的和不伤感的人的心坎。那立灯下异国的蓝眼珠，那无奈的笑容，绽开了，枯萎了，落了——像栀子花，摆在绣花桌布覆盖的长桌上，一种芬芳，低垂的窗帘，温暖的火盆，咖啡，烟草，她说："你将使那诗人之名布满东方的每个青石街道……你们不了解他，你们不——"

每次我推门出来时，我预感的悲剧的第四幕已经开始了，像醇酒，醉倒一时，许多疾首的苦楚，在晨起的山风里发酵，流满山谷、草原，和林木的深处。她把你的画像交给我，像递过一片彩色的云朵，我心猛跳，我该如何把你引带到那梦幻的绿湖呢？让我们共划一艘轻轻的舴艋舟。我走到那里你便在那里——连绵的灌木林，嵯峨的山石，狭窄的水道，寒冷的碉堡；在马灯下，在烛光下，你恒在，你是无所不在的诗人。"那双唇，我亲吻的双唇，何以如此苍白？……忧郁的风暴。"

奥斯威辛的风

◎高洪波

　　2004 年的 10 月,我独走欧洲,目的地是波兰华沙。本来同伴是诗人周涛,说得好好的,临行却出了意外,让我一个人从法兰克福转机,再到华沙出席第 33 届"华沙之秋"诗歌节。这是一次极有趣的经历,孤独中有自由,寂寞中有快乐。我切切实实体味到了波兰人的性格,不同于俄罗斯人又区别于德国人、法国人的性格,也了解到他们浓烈的爱国主义情怀的由来渊薮。

　　抵达华沙的当天夜里,我就向东道主提出一个要求:明年是反法西斯胜利 60 周年,能否到奥斯威辛一看? 说这话时,我不知道奥斯威辛距华沙有多远,更不晓得东道主的具体安排。诗人兼波兰作协主席马列克沉吟着,翻译胡佩方大姐也没接话茬儿,倒是中国驻波兰大使馆的刘鑫泉参赞痛快,说几天之后他要代表江苏省南京大屠杀纪念馆去奥斯威辛集中营谈一个合作项目,到时在克拉科夫碰头。

　　几天时间匆匆过去,华沙的秋天留给我极美的印象,在一位演员的庄园里举行的诗人聚会让我领悟到老欧洲的独特魅力,而"华沙之秋"诗歌节由于是在肖邦公园举行,诗意便愈加浓了几分。可我仍惦记着 300 公里以外的克拉科夫,还有它附近的奥斯威辛。

　　10 月 18 日中午 12 时 30 分,我踏进了奥斯威辛集中营。

那一天早晨秋雨绵绵,出门还带了伞,及至抵达奥斯威辛,却陡然狂风大作,据翻译胡佩方大姐说,奥斯威辛是个奇怪的地方,参观者常碰到阴雨连绵;她又告诉我要去奥斯威辛你自己去,她可不陪我,她受不了心灵的折磨!

胡大姐说到做到。奥斯威辛之行,虽然有刘参赞同行,但他仅是"同行",一到集中营他便独自去拜访馆长,留给我半小时时间,让驾驶员陪我走一圈——驾驶员是个朴实的波兰小伙子,他和我说不明白一句话,所以奥斯威辛留给我的全部是目光所及的印象。

这是一次奇怪而又匆忙的参观,毒气室、焚尸炉、铁丝网、岗楼、绞刑架,还有一个小院子里压成方块状的 7 000 多公斤的头发……在 27 楼展览馆,我见到里面展出的一幅大照片:妇女和儿童在德军枪口下高举双手,一个小男孩的目光中满是天真和无奈,这一幕极其令人震骇! 在焚尸炉,我和一群中学生共同走过,孩子们默默无语,我不知道他们心里想的是什么,但我的心底却陡然出现几句诗:

> 此刻,我变成了一块巨大的海绵,
> 迅速汲满了历史的汁液,
> 我的指尖也开始流泪,
> 为人类在那一个年代的无助与悲伤。

天上有巨大的云朵掠过,秋风卷起落叶,风中有一种号叫和呻吟,在奥斯威辛,这人类为了消灭人类而手造的地狱里,我感到寒意袭人,是噩梦又是现实。真的可能是因为奥斯威辛长眠着 100 多万遇难者的冤魂,才形成了死一般的压抑、魔一般的恐怖,以及变幻无常的气候。

风仍在高天咆哮,吹动我的头发,吹动我的衣衫,我不知道这愤怒的风起于何处又生于何时,只感到脚下的土地也在风中战栗,铁丝网和绞刑架在风中摇晃,集中营的游人们,想必心底的风暴更远胜于自然界的狂风罢!

事后,我在自己的日记中记下这样一行文字:"欧洲,一个美丽的深秋的中午,在大群中学生的簇拥下,我走在奥斯威辛的土地上,快步疾走,有一种逃亡的感觉。"

当天我见到一位叫何敢的中国女留学生,她说曾经陪一个代表团参观过奥斯威辛,然后连续难受了两个月,以后再也不愿去。由何敢联想到在波兰生活了半个世纪的胡佩方大姐,她们对奥斯威辛的拒绝,是出于本能的对自己的保护。奥斯威辛集中营,是地狱的别称,正像美国副总统切尼在 2004年 1月 27日奥斯威辛集中营解放 60周年纪念论坛上说的:"在欧洲的死亡集中营里,有人犯下了人类所能想象的最严重的罪行。我们必须向下一代传递这样的信息:我们在这里感谢那些将我们从暴政下解救出来的解放者,同时我们必须有勇气阻止那些邪恶卷土重来。"

心同此心,人同此理。问题是奥斯威辛现象并没有成为真正意义上的历史,譬如那些被虐待至死的伊拉克战俘……

奥斯威辛是个小镇,建镇在 800年前,二战前被称为波兰的"犹太人城",因为当时的 1.23万人口中有 7 000名犹太人。现在小镇有些不堪历史重负,因为人们无法想象小镇如何在一个巨大的公墓旁生存。

这当然只是游客的见解,事实上正是由于奥斯威辛的存在,人类的良知才凛然长存。

听听那风声

——话"听风楼"主冯亦代

◎郑逸文

　　那时我还没见过冯先生。

　　喜欢读冯先生的书话,时间长了,对冯先生的"听风楼"也就不陌生了。它总出现在文章结尾或者是书的后记中,表明主人执笔的地点,却给我留下一个充满想象的场景:一盏灯,一张书桌,还有一个痴情笔墨的老人。只是那风的涌动所掀动的氛围,在江南的屋檐下是无论如何也想象不出的。

　　在一个秋末初冬的日子,我来到北方这座曾经风沙涌动的城市。风乍起时摇落了满树满街的叶,风吹来的沙便弥漫在这黄黄的起舞的叶片间,我踏着这叶这沙去了"听风楼"。

　　听风楼其实是坐落在城西三不老胡同的几排红砖楼房中的一间屋子。与四周青灰色的四合院暗黄的巷子相比,这几排红砖楼虽然陈旧却依然显眼,所以极好找。记得门开在黑暗的走道尽头。进门便是走廊,廊的一边立着顶天立地的书架,书是满的,亦有些尘土,亦有新搁上的。书架显然已立了好些年了,有些陈旧。走廊因了书架而略显狭窄,狭窄的走廊通向"听风楼"。正对着走廊和房门的是朝东的一扇窗子。窗下是冯老的写字桌,窗外是青褐色的一整片屋檐,屋檐形成一个风口,我听见很响的风声,带着肆意纵横的狂放,似乎一整个下午都不曾停下。就这样的一个午后,听冯先生悠悠地讲他的书话,他的经历,他的故事,也听窗外这冷风的舞动,竟很难忘了这一幕。直到一年后的今天,在江南的秋日凭着冷风冷雨去忆及那些,一切依然清晰,只是那北风的力度在这冷雨的清柔中显得动人。记得那天采访时冯先生刚刚游了江南回来,去的地方是杭州、高阳、上海等地,他对杭州的感觉是可以玩,但不喜欢。他说江南的房子透风,气候潮湿,冬天受不了。也许这也是冯先生这几十年一直居于北京的原因吧。北风凌厉,很少缠绵。

听这样的风,看这样的风,在这样的风中大自然的一切都显得壮观而充满力度,落叶和风沙都在昭示着一种生命的涌动。我喜欢这样的风,竟不知为何觉得这风的壮观和海的汹涌太为相似,便突兀地问冯先生是否也喜欢海,冯先生的回答让我欣喜万分,他说他喜欢风声也喜欢海,他说因为在海边远眺似乎可以穷尽一切,"想看到哪里就看到哪里"。他说他每年夏季都要去北戴河待上半个月或者更多一些时日。我感觉中的冯先生是很诗意的。

把书话当作散文写,营造一种诗的境界,是冯先生写书人书话的一个特点。他向中国读者介绍外面那个世界中用另外一种文字写作的人们,介绍他们的近况、作品的地位以及文学的价值,不乏真知灼见。他的文字极为干净,清新而不乏力度,当情绪像风沙一样弥漫开去纷繁坠落的时候,落及纸上,便拢成简洁,便是恬淡。淡淡地留下深刻的痕迹。那种文字是属于听风楼的。冯先生对现在的散文翻译并不满意,他认为许多译文没有吃透原文,他说小说是动作的东西,而散文是情绪的东西,一旦那种情绪走了样,便不是原本的那样了。我想对冯先生说,人的情绪有时是难以把握的,情绪的沟通需要一种体验和一种悟性,它太感性了,属形上世界,而那个世界的许多东西许多人也许一辈子也读不明白。

冯先生从 1935 年起翻译,写文,至今已有半个多世纪。他的文字为许许多多的人们所追寻和收藏。然而我觉得先生最终放弃翻译他所钟爱的海明威的作品《永别了,武器》,对读者、对先生,都是个不小的遗憾。尽管先生一再重申他喜欢现在林疑今先生的译本,并且认为"幸而没有译成,否则将成为我的终生遗憾"。由于对海明威的钟爱,在我和他的谈话中,他屡屡谈到海明威。他的见解是独特的。他说,海明威其实是很可惜的一个人,他有个目标,他要使自己写得比托尔斯泰的好。但他的性情太活,他写文章太求功正,他的作品不多,却极好;他说,美国的文学基本来于英国,在英国的文学圈中。是海明威树起了美国的文学个性鲜明的旗帜,他打破了英国文学笼在美国文学上的那个"圈"——我喜欢听冯先生说书话,这比看他的书更有一种亲切感。"听风楼"里的冯先生是和蔼的。

1992 年 11 月 21 日

敬　　启

　　因为某些技术上的原因,致使本书的个别作者尚未能联络上。敬请见书后,即与责任编辑联系,以便我们及时奉上样书与薄酬,并敬请见谅。